U0006929

醫學推理系列①

醫學之卵

進擊的少年醫學生

文 海堂尊 圖 吉竹伸介 譯 王華懋

医学のたまご

目次

醫學之卵

好評推薦

「少年越級打怪，通關消滅白色巨塔的魔王，讓我們明白，有勇氣的人，無關年紀，寬廣的道路總是在眼前無限延伸。《醫學之卵》提醒曾是少年的我們，長大了還記得要用同樣的勇氣去面對現實，過好每一天，不要放棄！勿忘初衷的勇氣之作。」

——**何昕明**，好故事工作坊負責人．瀚草文創內容開發總監

「我喜歡看各式各樣的書，看書的時候，我會把文字內容在腦海裡轉成畫面慢慢品味。我看《醫學之卵》，從翻開之後就欲罷不能，像看電影一樣無法停止，我把這本書推薦給大家，也期待第二部跟第三部的出版。」

——陳木榮（柚子醫師），柚子小兒科診所院長

「給少年看的大人之書，最深入的醫學知識，最深層的人性。在黑白對錯之外那無明的結尾，讓人想了很久很久很久。」

——陳彥任（彥醫師），FB粉專「彥醫師的下班筆記」版主

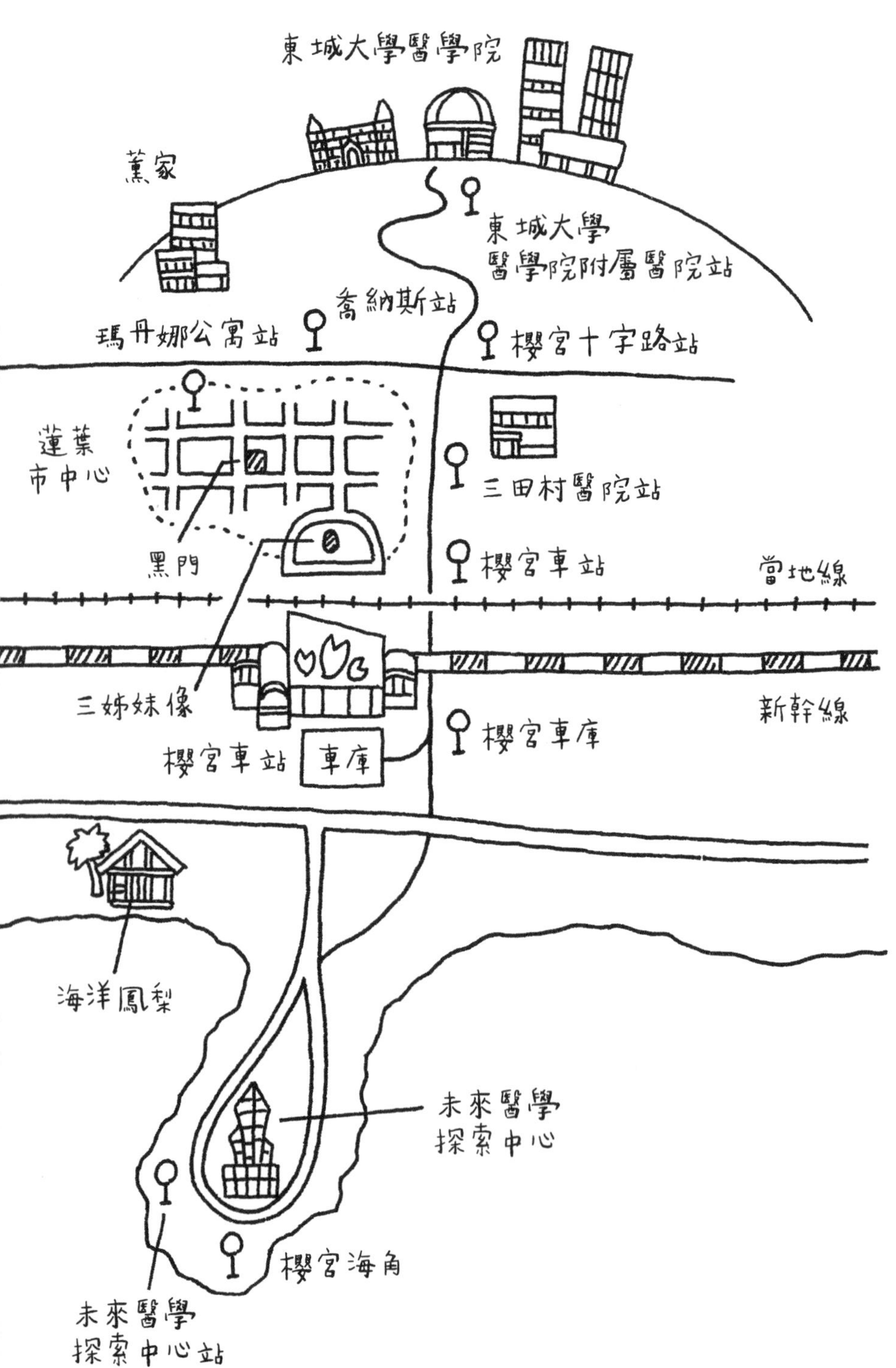
東城大學醫學院
薰家
東城大學
醫學院附屬醫院站
喬納斯站
瑪丹娜公寓站
櫻宮十字路站
蓮葉
市中心
三田村醫院站
黑門
櫻宮車站
當地線
三姊妹像
新幹線
櫻宮車庫
櫻宮車站
車庫
海洋鳳梨
未來醫學
探索中心
櫻宮海角
未來醫學
探索中心站

櫻宮市地圖

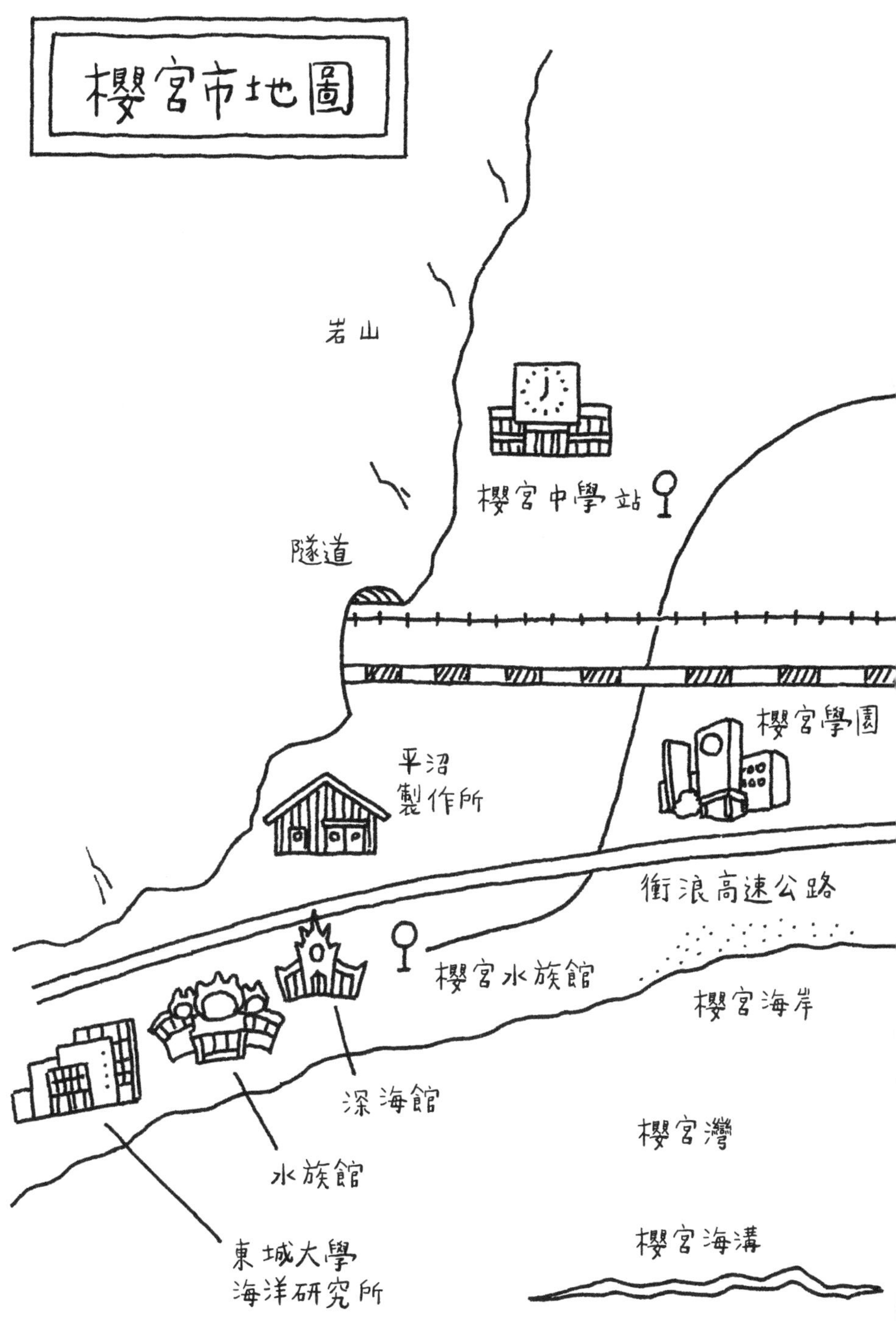

岩山
櫻宮中學站
隧道
櫻宮學園
平沼
製作所
衛浪高速公路
櫻宮水族館
櫻宮海岸
深海館
櫻宮灣
水族館
櫻宮海溝
東城大學
海洋研究所

2022年2月14日(一)

爸爸說：

「世界是由咒語和魔法陣

構成的。」

我的名字叫曾根崎薰，就讀櫻宮中學一年級。這個名字很像女生，我有點不喜歡。因為常常有人叫了我的名字，接著就會問是男生還是女生？

櫻宮中學沒有規定的制服，學生都穿便服上學，但我對此相當不滿，希望學校有制服的規定。要是有制服，保母山咲阿姨就不會每天早上為了我當天要穿什麼，而嘮叨半天了。

我有一本黃色封面的筆記本，第一頁寫著：「**世界是由咒語和魔法陣構成的。**」這是爸爸對我說過的話，也是我最喜歡的金句。

爸爸說的話經常讓人一頭霧水，但有些話在事後會給人恍然大悟的體會。雖然我很想和爸爸多聊聊，但我們之間有一些隔閡。如果說哪個大人能和正值叛逆年紀的十三歲國一生相處融洽，肯定會讓人覺得詭異吧？不管怎麼說，我心目中的爸爸應該是一個正直單純的人。

聽說爸爸是「賽局理論」這個學術領域的知名學者，有時候會登上報紙。關於爸爸的報導都出現在科學版，可惜文章用詞艱深，即使讀了，也懵懵懂懂。可是我又不想承認看不懂，所以每次在爸爸面前都假裝很懂的樣子。於是，爸爸只要靈感來了，想到前面的那類「金句」就會告訴我。雖然次數不多，但他偶爾也會說些我聽得懂的話。因為喜歡這樣的感覺，我會把爸爸的話抄進我的祕密本子裡。

二月十四日，對國中男生來說，這天是令人忐忑不安的命運之日——情人節。一直到去年為止，美智子都會送我人情巧克力，今年不曉得還會不會繼續送。我看著樹葉落盡的銀杏樹，漫不經心地胡思亂想，一旁傳來粗啞的聲音把我叫住：「小、薰、薰！」

是一年B班的小霸王平沼雄介，綽號「痞子沼」。我跟痞子沼從小學就認識，他明知道我最討厭別人用我像女生的名字叫我，卻故意這樣叫，這也算是一種霸凌吧。我回想起爸爸的話，決定不理會他。

「薰，霸凌就像是賽局理論當中的占地盤遊戲。霸凌的人其實很弱小，他們透過欺凌比自己更弱小的人，來維護自己幻想的地盤，非常可悲。如果這種人只

看外表就誤會你很弱小，接著會想要霸凌你。遇上這種情況，只有一個方法。」

「走為上策——對嗎？」

「That's right.（沒錯）世上絕大多數的問題，都能靠逃跑來解決。硬碰硬白費力氣，是最愚蠢的做法。」

可是綽號痞子沼的平沼雄介並不弱小，而且我私心覺得爸爸說的那種做法並不對。或許爸爸就是因為這樣，遇到問題就逃避，媽媽才會帶著我的雙胞胎手足離家出走吧？

不過，爸爸媽媽是在我們雙胞胎出生時就做了離婚的選擇，所以我也無從抗議，只能接受現狀。我對媽媽一無所知，爸爸就是這樣，在重要的事情上總是少根筋。

爸爸原本好像想要去東京的帝華大學研究賽局理論，但為了有輕微氣喘的我著想，便以健康考量一直住在櫻宮市。之所以說「好像」，是因為這是我偷看他寫給保母山咲阿姨的信而得知，透過非正當手段獲得的資訊無從確認真假。

事實上，一年當中，爸爸大半的時間都在擔任客座教授的美國麻省理工學院度過，日本的住處不管是在東京還是櫻宮市，對他來說應該都沒差吧。

言歸正傳，我原以為眼前的痞子沼會一如往常，死纏爛打地調侃我，沒想到他突然一本正經地說：「喂，你有在聽嗎？曾根崎？」

我嚇了一跳！因為痞子沼已經很久沒在老師不在場的時候用姓氏叫我了。

「嗯？有啊，我在聽，怎麼了？」

「鈴木老師叫你去職員室欸，你闖了什麼禍嗎？」

「我哪知道啊？」

我們的導師是田中佳子，鈴木老師是副校長，也是英語老師。副校長點名學生去找他，這在向來平靜的櫻宮中學，絕對是一件驚天動地的大事。難怪痞子沼一臉擔心。

推開職員室沉重的門，鈴木副校長正雙手環抱胸前，站在裡面。

「曾根崎同學，怎麼這麼慢？快過來這裡。」

鈴木老師步伐匆促地往前走，我跟在他清瘦的背影後面。

鈴木老師來到一道門前，停下腳步。

「進去吧，有客人在等你。」

這裡是校長室啊，當我感到不知所措時，眼前的門已經慢慢打開。

我聽從鈴木副校長的指示，走進校長室。

這是我這輩子第一次踏進校長室，校長身材肥胖，頂著一顆禿頭。我們學生私底下都叫他 boiled egg，因為他跟英文課本裡的水煮蛋插圖，長得一模一樣。

「水煮蛋校長」對面坐著一名陌生的叔叔，那人穿著一襲黑西裝，領帶打得一絲不苟，看起來跟習慣休閒裝扮的爸爸完全相反。

校長笑吟吟地說：「這位就是曾根崎薰同學。」

我行了禮，校長接著說：「突然把你叫來，你一定嚇了一跳。找你過來的原因，其實是為了上次的潛能測驗結果。」

我縮起脖子，有種不祥的預感。我自覺應該考了不錯的成績，沒想到居然會被叫來校長室，難道是我忘記寫名字了？校長沒注意到我的表情變化，只是接著說：「曾根崎同學，你在那場測驗中拿到了全國榜首的成績。」

咦？我太驚訝了，差點嚇到當場腿軟。我是預期成績應該不錯，沒想到居然是全國榜首……

對於拿到好成績，我其實一點都不意外。因為試題就是爸爸負責的，我被抓去當白老鼠協助製作試題。換句話說，試題我事先已經熟到不能再熟了。不光是這樣，出題者——爸爸還親自指導我解題訣竅。每次我答錯時，爸爸便開心地說：

「哈，上當了。薰，這一題的這裡要用畢氏定理才對。」

「一般國中生絕對解不出來啦，這是乘法題，怎麼會用畢氏定理？」

「可是文部科學省委託我要設計不同以往、別開生面的題目啊。」

「就算是這樣，這些問題也太整人了。」

「文部省的要求確實很怪，說什麼希望考出來的全國平均分數是三十分。這類測驗，一般應該都會設計成平均分數落在六十到七十分之間……。真是的，那個叫小原的女官員到底在想什麼？」

看來文部科學省的女官員姓小原，爸爸向來不擅長記住別人的名字，既然他會記得，表示這位小原若不是相當優秀，就是極度古怪吧。

上面的描述，或許會讓人腦中浮現我和爸爸肩並肩研究如何解題的情景。事實並非如此，這段對話只是透過電子郵件，我們分頭在太平洋兩端進行的。

換句話說，我透過遠距教學，學習了一堆超困難的測驗題。原本覺得很煩，但應考看到題目時，我忍不住想吹口哨，情不自禁地哼著歌輕鬆作答。

校長並不知道出題者是我爸爸，記得爸爸還得意地表示，出題者的身分是只有文部科學省部分高層才知道的超級機密。

所以，爸爸特別提醒我：「聽著，薰，這件事是最高機密。要是你不小心在學校說溜嘴，老師們有可能殺到我們家，探聽測驗題目是什麼。」

我點點頭。這麼說來，現在國中也標榜「自由競爭時代」，開始像補習班那樣注重成績排名了。前陣子甚至有新聞報導，有老師為了讓學生得到好成績，預先洩題給學生。所以，要是老師們知道爸爸是出題者，或許真的會想方設法拿到題目。

不過看到那則新聞的時候，比起生氣老師配合學生的狡詐行為，我反而是覺得羨慕……

然而事情的發展卻出乎爸爸的意料。每次都這樣，世界知名的賽局理論學者曾根崎伸一郎的弱點，就是非常不善於用賽局理論去預測自己身邊的狀況，爸爸忘記提醒我最重要的一件事。

爸爸完全沒留意到，我就是他出題「潛能測驗」的受試對象國一生。國中生的我看到熟悉的題目，當然會喜孜孜地卯起來解題。只要稍微一想，應該就可以預料到這樣的狀況，果然因為成績太好被校長找來，這應該是爸爸曾說的「賽局理論奇異點」的極致吧。

眼前我就是身處在這意料之外的狀況，笑容可掬的陌生叔叔開口說了一句話：「曾根崎同學，你想不想在大學研究醫學？」

我無法理解這句話的意思，忍不住反問：「呃，意思是要我去大學玩嗎？」

叔叔困惑地搖搖頭：「玩？……不是，我是問你想不想進大學醫學院做研究……？」

真的假的？

我目不轉睛地盯著那個叔叔的臉，現在是二月中旬，還要一個半月才會進入下學年。想到成績要順利升上國二都有點危險的我，一下子就要進入醫學院？這玩笑未免也開得太大了吧？

穿著筆挺黑西裝的陌生叔叔向我遞出名片，「解剖」兩個字躍入眼簾。

「東城大學醫學院綜合解剖學教室教授．藤田要」。

我提心吊膽地問：「那個……我只是碰巧在這次測驗拿到好成績，但我平常的成績真的很爛……」

一旁的鈴木副校長也跟著點點頭說：「難得您提供這麼好的機會，實在不方便潑冷水，但曾根崎同學的話並不是謙虛，而是事實。一邊讀國中，一邊在大學做研究，對這孩子太勉強了。」

自己說真話無所謂，但被別人這樣直言斷定成績不好，就算是我也不禁有些惱羞成怒。

藤田教授搖搖頭，露出笑容：

「沒這回事的，潛能測驗就是揭露了他隱藏的潛能，像曾根崎同學這種平時成績不好，卻能在潛能測驗拿到好成績的學生，是最理想的人才。也就是說，他極有可能是個破格的天才，卻受到正規教育的摧殘。曾根崎同學這樣的英才，或許就是未來的愛因斯坦、櫻宮的巴斯德。」

「什麼叫『吹慘』？」

我小聲問，鈴木副校長同樣小聲回答：

「不是『吹慘』，是『摧殘』，毀掉的意思。」

水煮蛋校長在一旁聽見我們的對話，好像不太高興。因為藤田教授這番話，簡直就是在變相指責我的成績不好並非我的過錯，而是老師們教得不好。

藤田教授好像沒注意到校長的表情變化，眉飛色舞地繼續說：

「對於齊頭式平等的義務教育體制，我向來抱持疑問。怎麼樣？如果曾根崎同學在這所學校的成績不理想，索性把一半的時間分給東城大學醫學院如何？反正本來就差，不試白不試嘛。」

在場包括我在內的三個人，聽到這話，同時都不高興了。

校長和副校長是因為被人當面指責「你們教得太糟」，而我不高興則是因為這個邀約只是「不試白不試」。

可是我以前就從爸爸那裡聽說，教授這種人就像是山上的猴子王，自以為是全世界最了不起的人，所以我很快就習慣藤田教授那種口氣了。習慣之後，藤田教授的邀約頓時顯得吸引力十足。因為能夠逃離無聊的灰色教室，這種機會可是千載難逢。

校長說：「這件事必須先徵求曾根崎同學的父親同意，我們無法立刻答覆你。」

我立刻插口：「我爸去美國麻省出差，要年底才會回來。」

藤田教授驚訝地看著我：「曾根崎同學是一個人住？」看來他已經聽說，知道我們家是單親家庭。

「不是，有保母山咲阿姨住在家裡照顧我，平常有事情我都是用電郵跟爸爸連絡。剛才提的這件事，等我回家再寫信給他就可以了。」

「不，這件事我會親自打電話好好跟令尊說明。」藤田教授說。

我搖搖頭：「爸爸專心研究的時候不會接電話，因為會害他分心。他只有專注力中斷的時候會看一下電郵，所以我來寫信跟他說一聲就好。」

藤田教授看著我說：「這麼說，你願意來我們大學做研究囉？」

「對，因為國中課程太難了，說不定我去醫學院會適應得比較好。」

校長和副校長聽了整個傻眼，校長惶恐地說：「真不好意思，這孩子不太懂事……」

藤田教授大方地笑道：「不會不會，霸氣十足，前程不可限量啊，或許我真的撿到寶囉。」

藤田教授繼續看著我說：「確實，醫學可能真的比較簡單。像雞兔同籠那些題目實在太難了，連我都不會算。嗯，我跟你保證，比起雞兔同籠，醫學研究絕對更簡單。」

呃，雞兔同籠是小學數學題欸——我在心裡吐槽，可是其實我對這類問題真的沒轍，所以什麼也沒多說。這時校長開口：

「曾根崎同學，你先回教室，請你們班導田中老師過來。我們會寫封信，再請你用電郵傳給你父親。」

8

從校長室回到教室，一年B班有許多人正滿臉好奇地等著我。

「薰，怎麼樣？挨罵了嗎？」班長進藤美智子關切地開口問。

美智子小時候住過美國，品學兼優的她，從來不會因此自以為高人一等，相當照顧我。雖然最主要的理由還是我們住得近，從小就認識。

「還用問嗎？這傢伙老是不寫作業，肯定被罵了啦！」

聽到痞子沼壞心眼地說著這樣的話。我一陣惱怒，忍不住嗆回去：

「大錯特錯！痞子沼沒有一次是猜對的。」

「那是怎麼回事？你倒是說啊！」痞子沼出言挑釁。

我遲疑了一下，因為我有預感，要是說出這件事，似乎會有一股巨大的力量動起來，再也無法回頭。可是我終究還是嚥不下這口氣，脫口說：

「其實我要去讀東城大學醫學院了。」

咦——！驚呼聲異口同聲響起。想到不久之前，導師田中老師說破了嘴皮，也無法讓大家齊聲合唱比賽曲《給我一雙翅膀》，害得我們在登台時出糗。此時的我，真想把這完美的合聲分享給那次的表演。

「聽、聽你胡說八道，怎麼可能會有這種事？」

背後傳來錯愕的聲音，說話的是「眼鏡書呆子」三田村優一。

「曾根崎同學只有社會科的成績比我好，而且這也是因為你是個歷史宅。上次的統一模擬考，你的名次排二五一二名，遠遠在我後面。成績這麼差的你，怎麼可能進去名校東城大學醫學院？而且你才國一而已。」

比起「國中生能進大學嗎」這個理所當然的疑問，模擬考成績比自己差的人竟然會進入自己的志願大學這件事，似乎讓三田村受到更大的打擊。

這真的很像三田村會提出的質疑，我不禁苦笑起來。這小子的腦袋裡一定裝滿了模擬考名次和分數吧。有空記住同學的模擬考名次，倒不如去讀一下《三國志》，更能改變對世界的觀點。

三田村，你就是這樣，才會止步於櫻宮市第一五三名這種微妙的名次啊！附帶一提，我會知道三田村的模擬考名次，是因為三田村動不動就喜歡炫耀他的名次，我是被洗腦記住了而已，一年B班的同學也都知道三田村的名次。

美智子搖晃著馬尾，回頭看著三田村說：

「要是在班上放牛吃草、不愛念書的薰，跳級進入三田村同學的第一志願東城大學醫學院，對三田村同學來說確實是一大打擊呢。」

三田村表情悲傷，彷彿世界末日。換成我是他，一定也會抓狂吧。因為他為了考上東城大學醫學院，甘願被大家嘲笑是書呆子，連下課時間都一個人孜孜不倦地埋首苦讀。

我想表達安慰，對三田村說：「不好意思，三田村，這個世界就是這樣。」

三田村張口結舌，鬱悶得話都說不出來。看來我試圖安慰他，反而給了三田村致命的一擊。唉，我老是弄巧成拙，雖然我並沒有惡意。

教室門打開，導師田中佳子進來了。同學們七嘴八舌地擁上前提問，田中老師見狀呆在原地，美智子出聲制止吵鬧的眾人：

「大家先等一下！你們嚇到田中老師啦。」

美智子讓場面安靜下來後，代表同學們發問：

「老師，聽說曾根崎同學要去讀東城大學醫學院，這是真的嗎？」

眾人的目光集於一身，讓田中老師漲紅了臉，支支吾吾地開口：

「這個嘛，呃……」

每個人都緊張萬分地等待老師開口，過去不曾在田中老師音樂課出現的「安靜無聲」頓時籠罩教室。這是當然的，就連最清楚整件事的我，都迫不及待地想聽到田中老師的說法。可是田中老師徹底辜負了我們的期待——不過這才是田中老師的一貫作風——「……老師也不太清楚耶。」

「為什麼是曾根崎同學，而不是我？」

三田村立刻發問，這肯定是兩個醫生父母從小對他灌輸英才教育的成果。父母一定從小就這樣教他：優一，遇到不懂的地方，就要立刻問老師喔。

「上次大家不是一起參加了潛能測驗嗎？」

「哦，那個奇怪的測驗。」美智子立刻附和。

一旁的三田村也點點頭：「那場測驗採用了新的多變量統計法，根據最新的賽局理論設計題目，就連進藤同學好像也覺得很困難。」

啊！這些關鍵字真是一針見血，看來我真的太小看三田村了。

三田村以充滿優越感的眼神看向美智子。模擬考的成績，三田村確實贏過美智子，但美智子並不是書呆子，除了上課時間，我從來沒看過她埋頭啃書的樣子。大家也認為美智子的「潛能」一定比三田村更高，三田村本人也感受到這樣的氛圍，所以動不動就拿模擬考的名次差距來壓制美智子。

不過美智子一點都沒放在心上。附帶一提，根據三田村的調查，上次模擬考的成績，美智子是第二三〇名。這是三田村自己說溜嘴，我們才會知道的。

然而最重視名次的三田村，此刻卻遭遇晴天霹靂的打擊，田中老師說：

「其實那次測驗，曾根崎同學拿到了全國第一名的成績。」

「咦──？」

《給我一雙翅膀》高潮處的二部合唱再度完美登場，這種程度別說校內合唱比賽了，連地區預賽都能輕鬆過關。接下來的話，全班也是異口同聲：

「怎麼可能？」漂亮，太精彩了！全國合唱大賽門票到手。

只有一個人——三田村，他因為打擊過大，啞然失聲地被擊倒在地。

下一秒，現場的鴉雀無聲被一年B班的無法松[1]痞子沼用一句話打破。

「曾根崎，你作弊對吧？」不愧是信奉「規矩就是要拿來打破」的痞子。

嗚，被猜中了，所以才說這傢伙不容小覷。這時，腦中浮現爸爸的教誨：

「**賽局理論第二原則：死守傾覆點**。」

我本能地察覺現在就是轉捩點，不是關原[2]就是波羅的海，立刻挺身應戰：

「痞子沼你這傻瓜！我可是全國第一名耶？周圍沒有人考得比我更好，我要怎麼作弊拿高分？」這必殺的一擊，讓痞子沼葬身在玄界灘[3]的海底。

哈哈哈，說穿了，痞子沼就是缺乏思考力的史萊姆啊！

可是，我自己也忘了爸爸經常教誨我的事情，最重要的事——

「凡事都該適可而止，見好就收。」

這話實在是老生常談，就像月曆上面印的勸世格言，讓我總是不小心就忘了，但這卻是爸爸最常掛在嘴邊的一句話。一直到後來，我才體認到這句話的重要性，但此時愚蠢的我只顧沉浸在眼前的小勝利，根本沒有考慮後果。

這時，教室門打開來，教英文的鈴木副校長進來了。

他以一貫的急躁口吻對田中佳子老師說：「田中老師，妳怎麼忘了拿最重要的信？」

1. 譯註：無法松指的是岩下俊作的小說《無法松的一生》的主角富島松五郎，因個性暴烈，眾人為他取了「無法松」這個綽號。小說改編電影後，大受歡迎，成為家喻戶曉的角色。
2. 譯註：日本戰國時代，統一天下的關鍵戰役「關原之戰」就發生在關原。
3. 譯註：玄界灘為九州西北部的海域，因《無法松的一生》的歌詞而聞名。

「啊，抱歉，副校長。」田中老師彎腰鞠躬，道歉的態度爐火純青。她平常在職員室，一定經常像這樣挨罵。

眼看絕佳的情報來源登場，美智子不打算放過這個好機會。

「副校長，聽說曾根崎同學要去上醫學院，這是真的嗎？他要離開櫻宮中學了嗎？」

鈴木老師平靜地笑著：「啊，大家一定都很好奇吧？班會時間快到了，我就來向大家說明一下吧。」同學們聞言都坐了下來。鈴木老師清了清喉嚨，開口說：「曾根崎同學在上次的全國統一潛能測驗，居然拿下了全國第一的成績。」他邊說邊看了我一眼，小聲嘀咕著「我到現在還是不敢相信」。

接著他轉換情緒，繼續說下去：

「然後呢，在文部科學省主持下，有人提議針對全國前五名的學生實施特別教育計畫，算是跳級制度的特別版。文部科學省向全國大學公開徵求願意參加計畫的學校，收到一些應徵，考慮到學生所在地等條件，成功配對了三組大學和學生，其中一組就是曾根崎同學和東城大學醫學院。」

「副校長，您沒有回答最重要的問題，曾根崎同學要離開學校了嗎？」

聽到美智子的問題，鈴木老師溫和地笑道：

「啊，抱歉抱歉。曾根崎同學不會離開學校，他只是每星期有兩天會去東城大學醫學院的研究室參加研究。當然，同時也會留在國中繼續學習。」

什麼？那樣的話，別說逃離這座灰色的牢籠了，只是讓課業和作業加倍嗎？天哪，怎麼會有這種事？

——**凡事都該適可而止，見好就收**。

我回想起爸爸的箴言，可是我沒想過要成為日本第一，也沒想過要進什麼醫學院，只是看到眼前有熟悉的題目，就喜孜孜地卯起來解題而已。沒想到這居然是一場錯誤，真是太殘酷了。

我回想起某個電玩冠軍的話：「我會打俄羅斯方塊，是因為俄羅斯方塊就在那裡。」當時我看到這句話非常感動，馬上跟爸爸分享，結果爸爸笑說：

「薰，講這種話會被人笑喔，你要多念點書。」

我到現在還是不懂，爸爸那時候為什麼笑我。

全班瀰漫著一股安心感，十分符合一天尾聲的班會。

班長美智子得知我不會轉學，鬆了一口氣；書呆子三田村知道我似乎並不是要進醫學院就讀，鬆了一口氣；小霸王痞子沼，則是為了我不是要告別這所無聊的學校而鬆了一口氣。至於田中老師，則是因為副校長替她做了麻煩的說明，鬆了一口氣……

簡而言之，每個人都鬆了一口氣。除了一個人——那就是我。

田中老師神清氣爽地用她那句老話結束班會：

「那麼，今天就到這裡結束，明天大家也要朝氣十足地來上學喔！」

∞

放學後，我蹺課沒去參加將棋社的社團活動，直接回家了。不過我本來就只是人頭社員，所以沒去也沒差。

打開「瑪丹娜公寓」這棟名字時尚，實則老舊的公寓家門，聽到山咲阿姨用明亮的聲音迎接我：

「你回來了，小薰。今天怎麼這麼早？點心是鬆餅喔。」

「不是說過別那樣叫我了嗎？」

「咦，薰這個名字很棒啊。而且阿姨不是交代過你，講話口氣不可以那樣沒大沒小。」

「不要叫我『小薰』，我自然就會變得有禮貌了。」

我丟下這句話，轉身就跑回自己房間。山咲阿姨雖然已經六十多歲了，但外表看起來很年輕。她的先生因病過世，雖然有一個孩子，但已經結婚成家。爸爸當初覺得她沒有家累，時間彈性，所以僱用她來當我的保母。事實證明爸爸的判斷是對的，據說這是賽局理論基礎中的基礎──「**直覺才是最正確的**」。至少在選擇山咲阿姨當保母這件事情，我支持爸爸的實踐理論。

我大口吃著山咲阿姨烤的鬆餅，坐到桌前打開電腦螢幕，檢查郵件。

明明今天早上才看過一次，現在又收到二十封信了。幾乎都是垃圾信，居然想推銷我生髮水和瑞士錶，簡直是亂槍打鳥，我把垃圾信逐一刪除。

在數量龐大的垃圾信中，我找到「鬼臉先生」寄來的郵件，直接點開。

✉親愛的薰：今天的早餐是加州米做的燉飯和酪梨沙拉。伸

我咂了一下舌頭，爸爸每次信件開頭都不用英文「Dear」，偏要寫什麼「親愛的」。明明都跟他說過好幾次了，國中生已經在學英文了。

這些只是每天平淡地記錄早餐內容的電郵，教人實在不知道該怎麼說。可是想到爸爸這個連「伸一郎」三個字都懶得打，只寫個「伸」敷衍的大懶鬼，每天風雨無阻地傳電郵給我，這個舉動讓我不禁胸口微微一熱。

我把鈴木老師交給我的信掃瞄轉成電子檔，因為我和爸爸平常都靠電郵連絡，自然也熟悉這類技能。我重新讀了一下文件，一堆漢字，字句誇張嚴肅，只是稍微瞥一眼，就讓人覺得受不了。說來也妙，如果這是中國古代故事裡出現的人名，即使是更艱澀的漢字排列，喜歡歷史的我都可以看得入迷。

田中老師應該是把副校長的說明小題大作、煞有介事地改寫成書面吧。八成是這樣，我一邊這麼想著，一邊把掃瞄後的圖檔放進郵件附檔，接著輸入內文。

✉薰↓爸爸，我要進入東城大學醫學院就讀了。學校說需要爸爸的同意，請你在附上的文件簽名回傳。

我省略了徵詢爸爸意見的步驟，這只是遵守爸爸的原則：不做多餘的事。

叮。

令人驚訝的是，下一秒就收到回信了。我想像太平洋另一頭的情景，從回信的速度來看，爸爸現在一定是思考難題想累了，正在喝茶配蘋果派之類的。

我猜想爸爸會怎麼回覆，有點緊張地點開郵件：

✉親愛的薰：做得到就試試看吧。伸

想像爸爸在太平洋另一邊露出奸笑的樣子，我一陣惱火，立刻回信：

✉我當然做得到！不勞您操心。

不小心沒署名就寄出去了，我還在發呆，這時電話鈴聲響了起來。

刺耳的鈴聲一停，隨即傳來山咲阿姨喊我的聲音：

「小薰，有位叫藤田教授的人找你喔！」

2月15日(二)

爸爸說：

「打開門的時候，

勝負就已經決定了。」

「小薰，那人的口氣聽起來很凶耶。」

保母山咲阿姨低聲說，用手按住話筒，遞給我。

「不用擔心，他是東城大學醫學院的教授。」

山咲阿姨聽了愣住，我從她手中接過話筒：

「喂，我是曾根崎。」

「噢，曾根崎同學，你聽起來很好，剛才多謝了。」

藤田教授的聲音聽起來很開朗，卻有種疏離的印象。

也許是因為隔著電話，看不到表情的緣故。

「請問有什麼事嗎？」

「聽說你父親是那位世界知名的賽局理論學者，曾根崎伸一郎教授？」

這話讓我吃了一驚，我什麼都沒說，藤田教授怎麼會知道爸爸的身分？不過這個疑問立刻就解開了。

「剛才你提到你們家的狀況，所以我傳電郵去麻省理工學院詢問，結果立刻收到令尊的回信和同意書，他請我多多照顧你。速度超快的，真是嚇了我一跳。」

啊，爸爸一定又偷懶，隨便看隨便回，把收到的信都處理掉了。

大部分的事情，爸爸都是當機立斷。郵件一點開就立刻回覆，然後直接刪除。自己的兒子被選中參加特別計畫，即將跳級進入大學醫學院研究室，這麼重大的事情，至少也該花個一杯茶的時間，鄭重考慮一下吧？我不禁內心犯嘀咕。

了解狀況後，我總算回過神來：「原來是這樣，那麼，小人不才，往後請多多指教。」

話筒另一端的藤田教授笑出聲來：「曾根崎同學，你是跟父親在美國住了很久嗎？你的日語有點妙呢。」

我瞄了旁邊的山咲阿姨一眼，她臉都紅了，看來我似乎用錯說法。不過藤田教授接下來的話，才是真的讓我嚇到了：

「明天上午十點要在櫻宮中學開記者會，你要加油喔。」

「啊？什麼記者會？」我忍不住反問。

藤田教授大方回答：「曾根崎同學是日本第一個國中醫學生，電視和報社都搶著要採訪你。所以我想辦場記者會，一次解決。」

豎耳聆聽，話筒另一頭電話鈴聲響個不停。

「請、請等一下，這要問我爸爸……」

「不用擔心，我已經取得令尊的同意了。」

叮。收到新電郵的鈴聲，點開來一看，是轉寄的受訪同意書，還一併寄了藤田教授給爸爸的致謝函。看來我在讀電郵的時候，爸爸和藤田教授之間已經信件往返了一輪。這種速戰速決的風格，兩個人真是一模一樣。

「我等一下也要去校長那裡取得同意，但應該是沒問題，明天你要穿像樣一點。」

藤田教授說完想說的話後，就掛了電話。我握著話筒，盯著眼前的月曆。二月十五日星期二，三鄰亡[4]。我忽然興起疑問：三鄰亡是什麼意思？總之絕對是比「佛滅」[5]更不吉利的日子。

我向山咲阿姨說明了電話內容，沒想到因此和她發生了一點小爭執。

「明天要穿正式一點喔，這可是小薰這輩子難得的風光時刻。」

山咲阿姨忙著拿出我的體面衣服，我不惜惹她不高興，說：

「沒必要，我要穿平常的牛仔褲去。」

山咲阿姨看著我說：「穿牛仔褲太沒禮貌了，藤田教授不是也叫你穿像樣一點嗎？你偶爾也該打扮一下啊。」

我急忙結束這個話題，轉身回房間。因為我覺得這種問題如果一定要討論出結果，搞不好會一路爭到早上。

---

4. 譯註：「三鄰亡」是日本民間曆法中的凶日之一。民間相信在這天動土蓋房子，會讓相鄰三戶都失火。

5. 譯註：「佛滅」為日本民間曆法的曆注之一，為大凶日，諸事不宜。

隔天早上，我一吃完山咲阿姨拿手的料理——淋滿了楓糖漿的鬆餅，立刻衝出家門。服裝當然是我最愛的牛仔褲。上面是白襯衫，外罩綠色開襟衫。後面傳來山咲阿姨喊我的聲音，但三十六計走為上策。我能猜到她要說什麼，所以我才不會停下來呢。

一如往常，我跳上第三輛到站的藍色公車。抵達學校時，正面玄關前已經圍起了人牆。外面停滿插著電視台旗幟的黑色轎車，扛著電視攝影機的年輕男子們拍攝著校內風景。人群中，痞子沼注意到我的出現，如脫兔般直奔而來。

他抓住我的肩膀，把我拖到校舍後面。

「喂，小薰薰，你叫那麼多媒體來，沒問題嗎？」

「別傻了，我怎麼可能叫電視台來？」

「說的也是，不過這陣仗未免太可怕了，連櫻花電視台都來了。如果需要你跟好朋友說話的畫面，可以找我。」

「我們什麼時候變成好朋友了，痞子沼同學？」

我傻眼地看痞子沼，痞子沼不為所動，露出吊兒郎當的賊笑：

「咦？我不是小薰薰最好的哥兒們嗎？」

厚臉皮到這種程度，我都說不出話來了。這時，有人從後面拍了我的肩膀，是能幹又懂事的班長進藤美智子。「薰，校長找你。」

痞子沼有點依依不捨地目送我們離開，我跟著美智子走向玄關。

「事情好像鬧得很大，你還好嗎？」

美智子回頭問我說，我用力搖頭：「一點都不好，怎麼會變成這樣啊？」

「誰叫你考出那麼誇張的成績？叔叔不是常說凡事要適可而止嗎？」

美智子跟我從小就認識，她以前在美國的時候，好像也見過我爸爸，對曾根崎賽局理論非常熟悉。

「我做夢都沒想到，那樣就能拿到全國第一。」

「你真是有夠傻的，我一看到題目就知道了，那是叔叔出的對吧？事先就知道題目跟答案的話，考到好成績不是理所當然的事嗎？」

我想起來了。爸爸第一次拿題目給我的時候，因為實在太難了，我連一題都解不出來，所以跑去向美智子求救。

「那妳怎麼沒考滿分？」

「因為那樣就等於作弊了，所以我考慮問題的難度，把得分調整到比平均多個五分左右。」美智子抿脣一笑，這傢伙怎麼這麼精明？

「美智子，妳真是太聰明了，要不要代替我進醫學院？」

「薰，你少呆了。要是我想拿到什麼好處，一開始就直接考滿分了。」

聽到這話，我忽然想到：「早知如此，那時候就去找三田村幫忙解題了。這樣一來，三田村應該就能考到滿分，如願以償地進入他心心念念的東城大學醫學院了。」運氣輪流轉——啊，不對，應該是風水輪流轉。

美智子擺動著馬尾往前走，在校長室前停步回頭：

「那你加油吧，別一臉窩囊相，抬頭挺胸。我會支持你的，叔叔不是也說過嗎？『打開門的時候，勝負就已經決定了。』」

我對美智子的話點點頭，就像相撲選手那樣用力拍了拍自己的臉頰，做了個深呼吸，接著打開校長室的門。

一團熱氣猛地撲上臉頰，刺眼的光迎面射來，瞬間我感到一陣眩暈。眼睛習慣閃光燈後，我發現校長室裡擠滿了人。我差點以為室內會這麼刺眼，是因為水煮蛋校長的光頭射出了光暈。嗯，我打算改天把這個笑話說給痞子沼聽。

Boiled egg 校長明明是 boiled head（禿頭），整張臉卻像水煮蛋一樣紅通通的。仔細想想，水煮蛋剝開後是白色的，若要比喻，煮熟的青蛙會不會更貼切？這些無聊的念頭就在一晃眼之間掠過腦海。

嗯──還有心思想這些無聊事，我沒問題的。

我在強光漩渦中發現藤田教授笑吟吟的臉，鬆了一口氣。和校長亢奮潮紅的臉相反，藤田教授的神情和昨天一樣，從容自在。

張望了一下，約莫十個人拿著銀色的錄音機在等著我。

「來來來，曾根崎同學，你坐那裡。」

校長指著會客室的皮革沙發說。我剛坐下，透明的鏡頭便對準了我，一名漂亮的大姊姊在我對面坐下來。

「那麼，現在就由櫻花電視台代表各家媒體，依照預先討論好的內容進行採訪。」大姊姊低聲說，向站在她後面的一群人點頭致意。

「請多指教，我是曾根崎。」我含糊地回禮。

「三、二、一，開始。」

墨鏡大叔倒數計時，燈光照亮了我。

「大家好！今天我們來到了即將進入醫學院做研究的超級國中生——曾根崎同學的學校！」

我嚇了一跳，因為眼前的大姊姊，聲音突然變得像個可愛的女大學生。還有，「超級國中生」這個頭銜也差點把我嚇到腿軟。我本來以為自己很鎮定，頓時怯場到不知所措。後來我到底是怎麼回答的，事後回想，也毫無記憶。

我應該被問了許多問題，但回過神時，訪談一眨眼就結束了。眼前的漂亮大姊姊連珠炮似地提問，俐落地問出我的回答後，回頭望向墨鏡大叔，墨鏡大叔向她點點頭。

「曾根崎同學，不好意思占用你這麼久的時間，謝謝。」

大姊姊恢復一開始的低沉嗓音說。我如夢初醒，向她行了個禮。

藤田教授向墨鏡大叔問：「什麼時候會播出？」

「我們會用超急件剪輯，應該可以趕上今天的午間新聞。」

「太棒了，多謝你們一直以來的關照。」

「哪裡，我們是互相幫忙嘛。」

墨鏡大叔伸手向水煮蛋校長要求握手，校長可能是太緊張了，伸出左手，撞上墨鏡大叔伸出的右手，連忙又換上右手。匆匆握手之後，校長室裡的人群一下子便全散光，房間裡陷入一片安靜。藤田教授也站了起來說：

「那麼，下午我會帶曾根崎同學去東城大學，各方面都再麻煩了。」

校長點點頭，藤田教授向我招手，我跟著他離開校長室。

藤田教授坐進玄關前的黑色租車，我也上了車。車門關上，往前駛去。

車子穿過市區，開始爬上平緩的坡道。從櫻宮中學到東城大學醫學院，走路要三十分鐘，坐公車要換一次車，車程二十分鐘。開車的話，只要十分鐘就到了。

東城大學醫學院位在地勢略高的櫻宮丘陵上，被稱為「山上的大學」。雖然櫻宮丘陵標高才二百公尺多一點，叫「山上」是太誇張了點。

藤田教授在車子裡說：

「今天就先參觀一下教室和認識環境，在那之前，我先把你介紹給教室的成員吧。吃過午餐後，你要參加會議。不過，放心吧，不用像剛才那樣說話。對了，午餐你想吃什麼？」

「什麼都可以。」

老實說，我很想吃山咲阿姨的鬆餅——淋滿了楓糖漿、甜滋滋的鬆餅，可是一般餐廳不可能提供。

聽到我的回答，藤田教授說：「那我們去醫院新大樓樓頂的餐廳好了，那裡的烏龍麵很好吃。」

這時，黑色的租車抵達了東城大學醫學院附屬醫院的玄關。

∞

不愧是藤田教授推薦的餐廳，烏龍麵真的很好吃，我稍微恢復了精神，而且景觀餐廳「滿天」的景色非常棒。

遠方的水平線應該是櫻宮灣吧，沿著海岸，看得到水族館和深海館，另一邊的海角前端，有一座刀鋒般閃爍的塔。

用餐期間，藤田教授一直在使用手機連絡許多人。大多都是打給一個叫「宇月」的人，只有和「宇月」說話時，藤田教授的口氣變得有些粗魯。一講完電話，他便笑容滿面地說：

「烏龍麵很好吃對吧？不好意思催你，我們去開會吧。」

我留戀著還剩下一些的烏龍麵，站了起來。藤田教授朝收銀台舉起一手示意，沒有付錢就離開了，我緊跟上藤田教授。

進入電梯後，藤田教授按下三樓的按鈕。燈號從十二樓逐漸下降，在五樓停了下來，一名富態的叔叔走進電梯。我察覺藤田教授突然緊張起來，那位叔叔狠瞟了藤田教授一眼：

「你教授會遲到了。」

「抱歉，垣谷教授，有些事實在無法脫身……」

電梯裡飄過一陣尷尬的沉默。

「對了，我們單位的桃倉調去你那裡，已經幾年了？」

藤田教授低著頭小聲說：「兩年半了。」

「不快點交出論文，我們也很為難。」

「他很努力，可是研究有時候要看運氣……」

垣谷教授瞪了我一眼，接著用鼻子冷哼一聲：

「我看到中午的新聞了，真會炒作，不過的確很像你會做的事。」

聽了這話，藤田教授的表情轉為僵硬。

電梯門一開，垣谷教授立刻走出去，打開走廊盡頭的門進去了。門沒關上，我正想這個教授怎麼這麼沒家教，結果藤田教授也跟著進去了。原來如此，藤田教授也要來這裡啊——我在心裡默默訂正自己的誤會。

藤田教授鬱悶地走進房間，原本鬧哄哄的室內突然安靜下來。眾人的視線聚集在我身上，害我緊張到不行。

每個人看起來都像「校長」，而且完全不是水煮蛋校長那種等級的，就像一群超厲害的校長在祕密聚會。

坐在中央座位，頭髮花白、個頭嬌小的老人率先開口：

「已經超過時間了，現在開始第七六五次的定期教授會議。」

就在我不知如何是好時，藤田教授推著我的肩膀，示意要我在折疊椅坐下。

垣谷教授開口：「首先由擔任議長的我發言，今天的議題，是要討論綜合解剖學教室藤田教授提出的『文部科學省特別科學研究費B・策略性未來展望計畫』的申請文件。在這之前，我想以議長身分請教一下，藤田教授，你沒有經過事先申請，就帶了一名沒有參加教授會資格的外人進來，請解釋一下。」

這是在說我嗎？感覺心跳一口氣加速了。

只見藤田教授站了起來，看著緊張萬分的我說：

「我原本預定向各位說明這次的計畫應徵，但我認為百聞不如一見，直接向各位介紹參加我們東城大學醫學院特別研究計畫的全國榜首國中生，曾根崎薰同學，是最快的方法。所以雖然沒有前例，但我還是把他帶來了。之所以沒有事先申請，是因為我是昨天下午才取得曾根崎同學的同意……」

藤田教授轉向我小聲說：「喏，向各位教授打聲招呼。」

我反射性地起立，像根棒子般杵在原地。

藤田教授小聲說：「打招呼啊，簡單自我介紹一下。說什麼都行，自我介紹你還會吧？」我在催促之下行了個禮，把腦中想到的話直接說出來：

「呃，大家好，我叫曾根崎薰。我有點搞不清楚狀況，不過教授叫我打招呼。」

現場氣氛稍微緩和了下來，我鬆了一口氣。雖然我不是刻意要耍寶，但既然要做，讓大家開心總是比較好，一位戴無框眼鏡的人說：

「薰同學啊？這個名字真可愛。對了，你的興趣是什麼？」

「哦，我喜歡讀歷史戰記。」

「你喜歡歷史嗎？那這次怎麼會想要來學醫學？」

「為什麼喔……」我語塞了，因為我根本就沒有想過要學醫學。

藤田教授出面救場：「曾根崎同學在前些日子舉行的潛能測驗中，拿到了全

國第一的成績。換句話說，這證明了他具有全方位的潛能。我認為把他豐富的才華運用在醫學上，能夠活化我們東城大學醫學院停滯不前的研究部門。」

「藤田，當心你的措詞。」先前平和提問的無框眼鏡教授正色說。

藤田教授並沒有畏縮，笑著回應：「沼田教授，你是審查研究的倫理委員會負責人，應該明白我這話的意思。這一年來，教授的倫理委員會收到的研究申請，件數應該是零吧？」沼田教授被藤田教授這話堵得說不出話來。

藤田教授繼續說下去：「在座的各位都知道，沼田教授近十年來致力於改善學術倫理環境。然而沼田教授也因為過度執著於追求學術倫理，反而打壓了最重要的研究精神，也是有這樣的一面吧？」

沼田教授不說話了。這次換垣谷教授提問：

「藤田教授的炒作手法確實有一套，我看到中午的新聞了，不過未經教授會同意就舉行記者會，這樣的做法我難以苟同。」

「那麼我請教垣谷教授，垣谷教授有辦法從其他地方申請到相當於這次文科省特Ｂ計畫的預算經費嗎？」

垣谷教授也不作聲了。藤田教授轉移視線，望向穿直條紋西裝的人：

「三船事務長，關於這個計畫，我們幾乎還沒有付出任何成本，所以就算在現階段退出，我也完全無所謂。」

「這可不行，沒有這筆預算，東城大學的經營會陷入危機。」

藤田教授得意洋洋地對著垣谷教授說：「那麼為了節省時間，我想對我的提案進行表決動議。」

「在那之前，我可以提個問題嗎？」坐在藤田教授旁邊的教授舉手說。

那位教授看起來人很和藹，然而他一開口，現場氣氛便莫名緊張起來。

「藤田教授一年前也收了跳級進來的高中生佐佐木，佐佐木同學很優秀，也很適應東城大學醫學院，為什麼藤田教授又想再收一個？」

「田口教授居然會發言，真難得。確實就像教授說的，佐佐木同學表現很好，交出了很棒的成績。所以我才會想活用這樣的平台，進一步擴展研究道路。」

「高中生也就罷了，但曾根崎同學是國中生，還在接受義務教育。」

「這一點請不用擔心。我從以前就一直向文科省提議應該將醫學納入義務教育。這次我能申請到總金額十億日圓的大規模計畫，也是因為有這樣的基礎。換句話說，曾根崎同學並非特例，而是往後應該會逐步增加的國高中生醫學研究計畫的先驅。」

藤田教授說到這裡停頓了一下，接著繼續說明：「田口教授的顧慮我也明白，我已經得到曾根崎同學就讀的學校全面協助，不會讓他疏忽了義務教育。校方已經同意兩個月後的新年度，四月一日開始，他每星期會在這裡做研究兩天，其他時間則是在國中上課。我準備的資料上面沒有提到這件事，是因為這是昨天才討論出來的結果，還請各位理解。」

這段話我也聽得懂，意思就是我的負擔會變成兩倍。看來老天爺已經拋棄我了，我從來都不想變成山中鹿之助[6]，為什麼要讓我經歷這樣的磨難？

而且還說這些都是為我好，這世上還有比這更慘的事嗎？

接下來就像按照腳本進行的綜藝節目般，有人提問，有人回答……像是在虛應故事。聽起來，感覺教授們的意志早已被剛才的金錢問題決定了，接下來的流程就像職棒的消化賽。

最後，坐在中央座位，滿頭白髮梳成油頭的小個子老人開口：

「還有其他問題嗎？沒有的話，同意藤田教授提案的人請舉手。」

我張望了一下，每個人都舉手了。

「多數同意，本案於第七六五次教授會通過。」

「謝謝高階校長。」藤田教授對正面中央的小個子老人深深行禮。

會議結束後，藤田教授似乎稍微打起了精神，轉身對我說：「曾根崎同學，

6. 譯註：山中鹿之助即日本戰國時代武將山中幸盛（一五四五—一五七八），曾為了復興主家，向月亮祈禱願受七難八苦，以此逸事聞名。

你一定累了。再加把勁，加油。我帶你去教室參觀一下，今天的行程就結束。我剛才已經和校長談過了，從下個月開始，你每個星期二、四過來這裡。」

狀況不斷延伸發展，我卻像被撇在一旁的局外人。

我跟著藤田教授從醫院新大樓一樓的玄關走出外面，回頭一看，東城大學醫學院附屬醫院灰白兩色的雙子高塔聳立在那裡。我們走出來的地方，是被暱稱為「白紗麗」的白色新醫院大樓，相鄰的灰色醫院舊大樓，現在成了安寧大樓。兩棟大樓一樣高，都是十二層的高樓大廈。

「我們要去哪裡？」

聽到我提問，藤田教授露出「忘了說」的表情：「我們的研究在舊醫院的紅磚樓進行，在那裡進行醫學基礎研究，用天竺鼠做實驗，或培養細胞。」

藤田教授大步經過連絡通道，我跟了上去。一陣寒風颳過我和藤田教授之間，冬季的陽光明亮卻冰冷。

紅磚樓若是從上空俯瞰，應該會是一棟正方形的小巧建築物。其實這是一棟五層樓建築，之所以感覺它小巧，主要是因為先前看過醫院本館的關係。這也是沒辦法的事，畢竟十二層樓的雙子塔是全櫻宮最高的高樓，任何建築物在它面前，都只能以「小巧」來形容。

我們進入老舊而寬闊的電梯，藤田教授按下三樓的按鈕，門緩慢地關上。下一秒，電梯裡陷入一片漆黑。燈很快就亮了，隨著一道「喀空」聲響，開始緩緩上升。

「剛、剛剛是怎麼了？」

「怎麼了嗎？」藤田教授疑惑地問。

「剛剛電梯裡面黑掉了，對吧？」

藤田教授露出恍然的表情：「被你這麼一說，這或許不太正常。這部電梯是一百多年前這座建築物落成時製造的，開始動的時候，燈都會熄滅一下。可是在這裡是天天上演的事，久而久之便習以為常，不會特別去注意。唔，只是燈熄一下而已，不用擔心。」就像是在等待藤田教授說明完畢似的，電梯門瞬間打開。

「到囉！」溫暖的空氣隨著燦光灌入電梯，讓我忍不住瞇起了眼睛。

「曾根崎薰同學，歡迎來到我的綜合解剖學教室。」一道氣派的黑門在耀眼的光線照射下熠熠生輝。

聽到藤田教授的話，我感到有點緊張激動。這裡就是「解剖學」教室？門的另一頭，是不是有許多泡在福馬林裡的屍體呢？

門在眼前打開，我一邊深呼吸，一邊不知為何想起了爸爸的話：

「**打開門的時候，勝負就已經決定了。**」

2月16日（三）

爸爸說：

「初次來到一個地方，第一件事就是尋找藏身處。」

藤田教授打開綜合解剖教室的門，裡面是一字排開的屍體——當然沒有這種事，裡面只是個普通的房間。有桌子、折疊椅和沙發，桌上丟著幾本讀到一半的雜誌。我在其中發現我喜歡的漫畫雜誌《Dondoko》，內心忍不住有點開心。什麼啊，原來醫學院的教授也會看漫畫？

房間角落有張小桌子，一位小姐靜悄悄地坐在那裡。桌上除了黑色的電話，還有一疊疊整齊的文件。

「宇月，跟妳介紹一下，這位是我們教室的新人，曾根崎同學。」

藤田教授說完，小姐輕輕點頭回應。她個子嬌小，戴著無框眼鏡，一身簡單俐落的套裝，感覺就像鄉下的親戚姊姊，看起來年紀大概快三十吧。

「你好，我叫宇月。」她用蚊子叫一般的聲音向我小聲打招呼。

藤田教授轉頭笑著對我說：「她是我的祕書宇月，宇宙的宇，月亮的月。她就像是負責照顧住院醫生的媽媽，有什麼事都可以找她。」

我向宇月行禮，感覺無框眼鏡底下的眼睛微微搖晃了一下。

「今天的時間很趕，接下來帶你去看研究現場吧。」

隔壁房間的門打開了，終於可以看到屍體了嗎？我不禁緊張起來。

結果隔壁房間也沒有屍體，而是擺放著試管、燒杯、酒精燈這些學校理化教室裡常見的器具，還有一些沒看過的大型儀器。我覺得很像工廠，突然想起了痞子沼爺爺的工坊。

房間角落有張桌子，桌面並排著許多試管，一名男子坐在試管前，藤田教授出聲叫他：「鼴鼠，過來一下。」

鼴鼠？這個人的名字好像綽號，我嚇了一跳。胖男子把目光從試管移開，朝上看著我，接著站起來向我行禮：

「我叫桃倉，『李子（sumomo）也是桃子（momo）的一種』[7]的桃，倉庫的倉。」原來不是鼴鼠（mogura）先生，而是桃倉（MOMOKURA）先生啊[8]。我這麼想，忽然疑惑李子（sumomo）的momo，漢字也一樣是桃（momo）嗎？瞥了一眼對方的名牌，上面寫著「桃倉」二字。我又想到，秋葵（okura）是一種黏黏的蔬菜，難道漢字是寫成「御倉」（OKURA）嗎？謎團越來越深了。

可是，我覺得聽成「鼴鼠」，也不算錯得太離譜。

因為桃倉這個人不管怎麼看，就像是一隻鼴鼠。

藤田教授對著桃倉說：「佐佐木同學呢？」

「不曉得，或許像平常那樣跑去哪裡晃吧。」鼴鼠似乎對這個問題毫無興趣。

「佐佐木」這個姓好像有聽過。對了，剛才會議裡有提到這位是我的高中生前輩，他會是個怎樣的人呢？

這時，一名高個子男生走了進來，穿著黑色的立領制服。

「你來得正好，佐佐木同學，這位是將要和我們一起在這裡做研究的曾根崎同學。」

藤田教授對佐佐木說，佐佐木行禮說「多指教」。

穿立領制服的這位佐佐木，就是超級高中醫學生，我在這裡的學長嗎？

我對他的第一印象是有點冷漠，滿可怕的。

這時，宇月小姐過來向藤田教授使了個眼色：「藤田教授，有電話找您，對方說要談『那件事』。」

「好，跟他說我立刻過去，桃倉你也一起來。曾根崎同學，你暫時在這裡等我。」就這樣，我和佐佐木學長兩個人被留在了房間。

---

7. 譯註：「李子也是桃子的一種」（スモモも桃も桃のうち，Sumomo mo momo mo momo no uchi）是日本知名的一句繞口令，一句話裡共有八個mo音。

8. 譯註：「鼴鼠」的日文發音是「mogura」，而「桃倉」的日文發音是「MOMOKURA」，兩者音近。

我很想跟佐佐木學長說話，卻又不曉得該說什麼好。

佐佐木學長把手上的紙丟到桌上，紙上印著像折線圖的東西，紅、藍、黃、紫各色線條重疊在一起，底下並排著一大串英文字。

「果然還是沒辦法複製那個 abnormality（異常）嗎？」佐佐木學長喃喃自語，用力搔抓著有些長的頭髮。

這時，他好像才注意到站在右側看著他的我：「怎麼，你還沒走？」

冰冷的語氣讓我覺得失望，我原本期待他的身分和我相同，至少會更願意設身處地照顧我。但佐佐木學長只是以那雙大眼看著我，目光冰冷，散發出我在理化教室看過的石英般光澤。總覺得，我連心底都被看透了。

過一會兒，佐佐木學長才卸下防備，笑著說：

「你叫曾根崎是嗎？你的處境很危險呢。」

「咦？什麼意思？」

「你剛才接受了電視的採訪對吧？你看過中午的新聞了嗎？」

我用力搖頭。佐佐木學長苦笑說：

「我想也是，要是你看到新聞，應該不可能還表現得這麼滿不在乎。」

到底變成什麼新聞了？我突然不安起來。看見我這副模樣，穿立領制服的佐佐木學長嘆了一口氣：「指點你一句話，初次來到一個地方，話不要全說出口。」

佐佐木學長的話在我心中，像金鈕釦一樣閃亮了一下。我回想起以前爸爸也曾說過類似的話。爸爸解釋樹幹上的傷痕，是野生熊留下的痕跡。

「聽著──薰，初次來到一個地方，第一件事就是尋找藏身處。得先找好藏身處再出發探險，否則後果將不堪設想喔。」

我覺得隔了那麼久的時光，這兩句話宛如兩顆金鈕釦般碰撞，敲出清脆的「叮」一聲。

我望向佐佐木學長。這時門打開，藤田教授回來了。

「曾根崎同學，久等了，我們走吧。」

我走出房間，感覺身後佐佐木學長的視線，仍然射在我的背上。

藤田教授一臉想吹起口哨的表情，步履輕快地回到休息室。佐佐木學長才剛忠告我要多聽少說，我卻忍不住提出疑問：

「藤田教授，屍體在哪裡？」

「屍體？這裡怎麼會有什麼屍體？」

「可是這裡不是解剖教室嗎？」

「是沒錯，但這間教室和解剖的關係，頂多就只有醫學生會做解剖實習而已，平常是做別的研究。」藤田教授笑道。

「研究什麼？」

「尋找某種癌症的異常基因特異表現，這是我們教室目前的主題。」

藤田教授說的內容突然變得好難，我覺得這一定才是他平常的說話模式。雖然覺得一直問有點死纏爛打，但我還是提出對我來說很理所當然的問題：

「為什麼這裡是解剖教室，卻不研究屍體？」

藤田教授苦笑了一下，接著突然轉為一本正經，回答我說：

「你的問題很天經地義，這個問題很好，所以我認真回答你。說穿了其實沒什麼大不了的，答案很簡單：因為這樣可以拿到更多的錢。」

說到這裡，藤田教授頓了一下，匆匆接著說：

「做研究最重要的就是錢，過去的大學醫院是國立單位，但在二十多年前變更為『獨立行政法人』的組織，就變得很難拿到預算了。你到我們這裡來，教室就可以拿到一筆錢，皆大歡喜。」

我覺得這根本沒有回答到我的問題，但立刻就理解藤田教授的意思了。理解歸理解，並不表示我贊同他的想法。

另一方面，我不禁鬆了口氣——看來我不用看到屍體了。

回到休息室，辦公桌的宇月小姐瞄了藤田教授一眼，又低下頭去。藤田教授笑呵呵地對我說：「歡迎來到我們藤田教室，這是我送給你的禮物。」

桌上有一團蓋著布的東西，到底是什麼？真期待。

藤田教授意識到我的視線，抬起手戲劇性十足地掀開白布。當下，我還以為會聽到「鏘！」的背景音效呢。仔細一看，桌上堆積如山的是厚厚的磚頭書、磚頭書，以及磚頭書。算一算，總共有十本。

「為了讓你理解即將要參與的實驗，這些是絕對必要的基本參考書，下次來之前要先讀完。」

他說什麼？他是叫我把這十本書全部讀完嗎？

「這是我送你的禮物，也是你的第一份功課。」

我感到天旋地轉，這要是漫畫，的確兩三下就可以讀完啦……抱著最後一絲希望，我問教授：「請問，有沒有漫畫版解說書之類的？」

藤田教授臉上的表情，我大概一輩子都忘不了。簡直是冷若寒霜，如果把全櫻宮市——不，恐怕是全日本的人，全部不屑的表情融合在一起，大概就會是這種程度吧。不只表情冰冷，藤田教授還以冰冷聲音回答：

「你以為讀什麼漫畫就可以學習醫學嗎？」

不輸極圈或俄國北方永凍土般的冰冷話語，深深沁入我的五臟六腑。我仰起頭，在心底怒聲抱怨：「天哪，怎麼會這樣！」

藤田教授好心幫我叫了計程車，但我強烈猜疑他叫計程車並不是為了我，而是為了要讓我帶走那些厚重的書吧？

這十本書，每一本都跟我忠實閱讀的漫畫雜誌《Dondoko》一樣厚。你能相信嗎？跟《Dondoko》一樣厚的書，每一本都填滿了字！竟然叫我把它們全部讀完？

我走下計程車，嘿咻嘿咻地吆喝著，好不容易才將它們分成兩疊捆起來，然後兩手各提著一疊五本的書，吃力地走到電梯廳。湊巧，電梯門正好打開，裡面站著保母山咲阿姨──宛如從天而降的天使。

「哎呀，小薰，東西怎麼這麼多？」這求之不得的巧合，讓我忍不住感謝老天爺。一下子怨恨祂、一下子感謝祂，老天爺應該也覺得我很煩吧。我將兩疊書中的一疊交給山咲阿姨，走進電梯，按了五樓。在電梯裡，我才得知山咲阿姨會

出現在樓下並非巧合。

「藤田教授剛打電話來家裡，說小薰快要搭計程車到家了，請我幫忙搬東西，那位教授好親切啊。」我不禁佩服藤田教授做事真周到。

到家之後，我吃著山咲阿姨的拿手點心，淋滿楓糖的鬆餅。一邊解開藤田教授送給我的禮物，隨手拿起一本翻看。

雖然也有很多圖片，但字很小，詞彙也很難，一看就是大人的讀物。我翻沒兩下就把書丟到一邊了，竟然要求我在下下週之前讀完十本，根本是酷刑。

不管了，明天再去找美智子求救吧。我倒在床上，睡得像一灘爛泥。從這天開始，我的人生截然不同了。只不過，此刻的我還不知，對比後來發生的軒然大波，今天根本只是序曲而已。

隔天早上醒來，我的狀況糟透了。昨天只讀了五頁的書，內容就好像快要在腦袋裡爆炸一樣，身體則是因為昨天搬運的十本書，全身肌肉痠痛。我從床上爬起來，窗外射進來的晨曦好刺眼。這時，一道輕快的鈴聲響起，通知收到新郵件了。

✉親愛的薰：今天的早餐是法國吐司和炒蛋。伸

我差點想拿枕頭砸過去，反正一定是複製昨天的信，只把早餐內容重寫而已，敷衍了事。平常的話，看看就算了，但今天早上心情實在太差，我立刻坐到螢幕前敲打鍵盤：

✉薰↓爸爸，昨天我進入東城大學醫學院就讀了，也接受電視台採訪了，不過我還沒看到自己的新聞。教授出了功課，叫我下下個星期以前要讀完十本很難的醫學專書，我很頭大。告訴我，我該怎麼辦才好？

雖然有點不甘心，但沒辦法，我能依靠的就只有爸爸了。郵件一傳出去，立

刻就收到回覆了。我滿懷緊張地點開來一看，內容只有一行：

✉親愛的薰：這種時候就笑著混過去。伸

我一頭栽進放在桌上的鴨子靠墊趴倒，好一會兒都維持著這個姿勢不動。最後忍不住還是抬起頭來，抓著靠墊砸向螢幕。我覺得螢幕另一端，遠在太平洋那頭的爸爸正在奸笑。

我右手抓起山咲阿姨做的火腿蛋三明治，左手抄起兩本要看的書，跑出家門。萬一錯過七點三十二分「往櫻宮水族館」的公車，就要遲到了。

∞

我在固定的時間趕上藍色公車，看見美智子就坐在平常的後車座位置，所以我也在她旁邊坐下來，她通常都是在我的前一站上車。

「薰，東城大學怎麼樣？」

「沒有怎樣啊，醫學院跟國中也沒什麼不同，只會出一堆功課。」

我亮出藤田教授要我讀的書，結果美智子一看就馬上說：

「這是華生和克里克博士的《雙螺旋：發現DNA結構的故事》，還有《PCR全書》，好有分量的功課啊。」

「咦？妳讀過？」

「沒有，以前在美國的時候隨手翻過而已。」

「妳也太厲害了吧。」我打從心裡感到敬佩。

「那妳可以把內容簡單告訴我嗎？」

美智子歪著頭，馬尾搖晃了一下。她想了想，說：「想知道內容的話，我們班有個比我更適合的人選。」啊，她這是嫌麻煩所以想落跑吧。我正想逼問那個人是誰時，公車響起廣播「櫻宮中學站」，到站要下車了。我只好抱著兩本沉甸

甸的書，跟著美智子走向前方車門。

一進教室，同學們同時朝我一擁而上。

「小薰薰，你在電視上口氣還真大。」痞子沼第一個糾纏我。昨天接受採訪時，我沒有指名他這位「同窗」，似乎讓他記恨了。嘖——真是麻煩的傢伙。

「其實我還沒看到新聞。」我隨口回應。這麼說來，山咲阿姨不知道有沒有幫忙把午間新聞預約錄影下來呢？我覺得有點可惜，自己昨天實在累壞了。不過要是真的想看，早就看到了。我的回答好像觸怒了痞子沼，他頂撞說：

「是喔，這樣喔，當了大明星，演出作品太多，都沒時間看了是嗎？可是錄影的感想還是有的吧？」

「也是啦，我想想，閃光燈很刺眼呢。」

「小薰薰說的每句話都有夠機車的耶。」

痞子沼說到這裡時，教室門打開，田中老師進來了。

「大家回座位坐好。」聽到老師細柔而清爽的聲音，眾人紛紛回座。

早晨的班會開始後，同學們仍頻頻偷瞄我。這讓我覺得有些難為情，又有些自豪。

午休時間我留在教室，繼續和厚重的磚頭書格鬥。三田村不停地瞄我，介意到不行，最後終於按捺不住，蹭過來我旁邊。

「東城大學醫學院怎麼樣啊？」

「烏龍麵超好吃的。」

我坦白說出感想，三田村頓時傻住，他打起精神繼續說：

「你是說景觀餐廳『滿天』的招牌餐點對吧？那裡的烏龍麵很有名，因為光是麵就有二十種。」

「咦？原來你跟東城大這麼熟？」

三田村開心地抽動鼻翼說：「東城大是我爸的母校，他帶我去過一次，從十二樓看出去的海景真是美極了……」

三田村陶醉地喃喃自語，接著看了看我手邊的書說：「《雙螺旋》和《PCR全書》？這是分子生物學的基礎入門書嘛。」

「咦？你也知道這些書？」

「我將來要讀醫學院，這些是必讀書。你說『你也』，難道除了我，還有誰知道這兩本書嗎？」

「美智子啊。」

三田村馬上露出厭煩的表情。美智子將來想要當口譯，以進入語言學系的大學為目標。我猜想三田村是在懊惱自己剛才竟然得意洋洋地說這些書自己讀過，炫耀連美智子都知道的書，讓他顯得膚淺。同時，我也被他的話嚇得慌了手腳。這些算是入門書？我提心吊膽地問：

「既然知道這些是入門書，表示你都讀過？」

「當然了，這些書我爸的書房裡都有。」

我本來以為他只是個書呆子，看來是個貨真價實的醫學宅。

「你真的很用功耶，而且連下課時間都在念書。」

「我只是付出理所當然的努力，畢竟將來我要繼承我爸的醫院。」

「你好了不起喔，可是你都那麼努力了，模擬考的成績怎麼還是排在一百多名？」

三田村漲紅著臉，頓時沉默不語。他東張西望，小聲說：「你可以保證絕對不說出去嗎？」我聞到「祕密」的味道，而且是模範生的祕密。忍不住興奮期待，點了點頭。

「其實我社會科很差，歷史人物完全記不住，地名也是，除了跟我爸一起去過的地方，其他根本記不起來。」

三田村經常被老師稱讚數學一百分或理化滿分，然而在這小小的櫻宮市，名次卻總是在一百多名徘徊，這點一直讓我百思不得其解。今天總算了解真正的原因，這個謎團還真是普通啊。此時電光一閃，我想到了一個天才點子。

「三田村，你可以把這本書的內容簡單扼要地告訴我嗎？」

「憑什麼？就算幫你，我也沒有任何好處。」

「你要是這種心態，等你當到東城大學醫學院的教授，會很辛苦喔。教授必須指導像我這種程度超差、就像迷途羔羊的醫學生。而且每年都有一百頭這種羊跑進醫學院。如果你連一對一指導我都做不到，將來有辦法帶領眾多的東城大醫學生嗎？」這個說法完全命中了三田村的要害。

「確實，雖然難以置信，但我聽我爸說，現在醫學院裡有很多像你曾根崎一樣，腦子不太好的醫學生。」

三田村的反擊讓我皺起眉毛，竟然立刻回擊我的弱點，這傢伙真不簡單。而且是無意識地瞄準，三田村的反射神經太可怕了。

可是別有用心的我，承受得住這道重擊，我接著說：「三田村啊，如果你教我醫學，我可以指點你社會科的祕訣。」

這話似乎傷了三田村的自尊心：「就算我可以教你，也輪不到你來教我。」

「可是你社會科不是很差嗎？跟著我學習，掌握社會科的得分秘訣，你就可以進化成超級三田村，天下無敵了。」看來我這甜如蜜的話，已經開始發揮作用，融化三田村的腦髓了。現在只差臨門一腳，致命一擊。

「而且指導我的話，你就可以身在國中，同時指揮醫學研究的最前線喔。或許還可以用你的點子來進行研究，立志考上醫學院的三田村，和國中醫學生的我，我們的兩人三腳會是最強搭檔。」

瞬間，我回想起三田村在運動會的「英姿」。三田村不擅長田徑運動，平常跑完五十公尺全程就能贏得滿場掌聲，光是想像跟他組成兩人三腳，我就渾身無力。可是現在是關鍵時刻，我就像下棋一樣，在內心喊：「將軍！」

「……這麼一來，憑著『曾根崎．三田村理論』拿到諾貝爾醫學獎，或許也不是夢喔？」

「是『三田村．曾根崎理論』才對。」三田村立刻訂正。

大魚已上鉤，我耐心等待三田村接下來要說的話。三田村推了推黑框眼鏡的鼻橋，嚴肅地宣告：「真拿你沒辦法，那你明天把書全部帶來，我在午休時間幫你特訓。」

「幹麼要午休啦？放學後再說嘛。」我竟然還想跟他討價還價。

但三田村冷酷地搖了搖頭：「不行，放學後我要補習。」

鐵血無情的三田村，不容反駁地命令我明天將十本厚如磚頭的書都帶來。坦白說，我真是鬆了一口氣。雖然不曉得會不會順利，但絕對比我一個人孤軍奮鬥要好多了。

午休結束的鐘聲響起，三田村回去自己的座位。不一會兒，由痞子沼打頭陣，其他一年B班的同學們也陸續回教室了。

隔天看到我帶來教室的書，三田村說：「分子生物學基礎研究的PCR、用來驗DNA和RNA的西方墨點法，還有蛋白質的生成，看來藤田教授想要讓你學習分子生物學的王道。至於要研究的疾病，這些書幾乎都跟視網膜母細胞瘤——

Retinoblastoma 有關，應該是要進行眼癌相關的分子生物學研究吧。」

三田村好像已經從書裡面鎖定重點，替我猜題了。看到三田村面對這麼多艱深的書也面不改色，我有些對他刮目相看了。

三田村繼續說明，雖然他說得很慢，但他到底說了些什麼，我其實完全有聽沒有懂。這些內容對我來說實在太難了，因為我只是個對歷史抱有狂熱興趣的笨學生。

不過我還是認真地聆聽三田村的話，因為對於在地獄深淵一籌莫展的我來說，三田村的解說就像是從天而降、讓我得以逃出的一條蜘蛛絲。

3月3日（四）

爸爸說：

「發現錯誤的當下就修正，是最快也最好的。」

三月三日，星期四。我甩掉山咲阿姨叫住我的聲音，衝出家門。目的地是東城大學醫學院的紅磚建築，今天是去大學醫學院就讀的第一天，值得紀念。

其實原本預定四月才開始，但因為沒有入學典禮，便決定打鐵趁熱，讓我提前一個月入學了。我站在平常搭車的站牌對面等車，看見美智子就站在寬闊的四線道馬路對邊的站牌。她看到我之後，用力揮手：「薰，加油！」

我介意著旁人的目光，輕輕揮手，小聲嘀咕：「太大聲了啦。」

可是，美智子平常都在上一站搭車，今天怎麼會在這裡？想到這裡，我發現她可能是為了替我加油，特地下車在這一站等我。

很快地，固定時間「往櫻宮水族館」的公車到站，美智子像平常那樣坐到後車座，向我揮手道別。目送公車離去後，我有種被拋下的感覺。

我搭上反方向的「往櫻宮車庫」的公車，這條路線的公車會在接下來第二站的「櫻宮十字路」右轉，經過「櫻宮車站」，前往終點站「櫻宮車庫」，但我要在

「櫻宮十字路」轉乘「往大學醫院」的紅色公車。紅色公車在回程會變成「往櫻宮車庫」路線，其中有幾班是「往櫻宮海角」。也就是說，櫻宮交通的紅色公車是「大學醫院—櫻宮車庫或櫻宮海角」，藍色公車是「櫻宮水族館—櫻宮車庫或櫻宮海角」。

十分鐘後，紅色公車開始爬上坡道。「下一站終點站，大學醫院。」

我正要下車時，發現乘客全是老年人。他們下了公車後，便魚貫地朝灰白兩色的雙子大樓——東城大學醫學院附屬醫院前進。好像牧場裡的羊，我心裡想著，一個人在前往醫院的途中左轉，沿著土堤上的小徑往上走。

在寒風吹拂中，我輕快地走過早春的櫻花行道樹，道路盡頭是黯淡的紅磚建築物。像這樣細細端詳，我開始覺得它看起來就像一幢鬼屋。

按下電梯的三樓按鈕，門緩慢地關上。瞬間，電梯廂內陷入一片漆黑。接著燈光立刻再度亮起，電梯開始緩慢上升。就算已經知道理由，這短暫的黑暗還是

讓我心驚不已。為什麼不修理呢？我實在不懂。我想著這些，在三樓走出電梯。

跟在藤田教授背後走的時候，輕易就抵達目的地了。但一個人摸索方向，卻感覺宛如置身在異國。我沒有出過國，每回學校放長假，爸爸都叫我去美國玩，但我提不起興致。因為我的英文糟到不行，所以不敢去美國。想到如果小時候聽爸爸的話去美國住，或許現在已經說得一口流利英語，考試也能輕鬆拿高分，真是有點可惜。

爸爸就是知道我的英文很糟，所以寫電郵的時候都不用英文，而是寫什麼「親愛的薰」。我不著邊際地想著這些雜事，結果竟然迷路了。滿懷不安地在陰暗的走廊晃來晃去，直到發現有「解剖」兩個字的門牌，鬆了一口氣，打開了門。

一股熱氣溢出門外，裡面有五個人正在吵架。仔細一聽，好像是在辯論。一名高個子男人一手抓著一疊拍紙本，像搞笑藝人手上的紙扇子那樣拍打著桌面，大聲說話。

「所以重現實驗的結果並不支持這個 band 表現是 positive 還是 false。現在需要的是……」抓著紙扇子的人注意到周圍的人被他以外的事物轉移了注意力，回過頭來，看見我呆站在門口，打住了原本想說的話。

我打量著房間裡面，全是不認識的人。一個留著大白鬚、就像童話仙人般的老爺爺，小小地坐在中央的桌子，他開口說：「你是藤田那裡的小朋友吧？這裡是『神經控制解剖學教室』，你要去的『綜合解剖教室』在三樓另一邊。」

「原來解剖學教室有兩間嗎？」我開口問，結果現場瞬間冒出一股劍拔弩張的氣氛。

剛才口沫橫飛地說話的男人說：「你最好當心點，東城大學有三間解剖學教室，藤田教授和媒體關係很好，如果你糊里糊塗的，會被他用完就丟。」

「赤木，不要對純真無知的小朋友亂說些無聊話。」白鬚仙人出聲提醒。

姓赤木的年輕人一臉不滿，一屁股在沙發坐下來。白鬚老爺爺和藹地微笑說：「前些日子我們在教授會見過，你還是國中生，卻能大大方方打招呼，很了不起，我很佩服。」

「不好意思，打擾大家了。」我行禮離開房間。

門一關上，我聽見赤木再次大聲地滔滔不絕起來。

回頭一看，上面掛著「神經控制解剖學」的牌子。但我對這道門毫無印象，我怎麼會打開這道門呢？

這棟建築物從正上方俯瞰呈正方形，我走到另一邊的走廊。在走廊門上看見熟悉的「綜合解剖教室」幾個字，我鬆了一口氣。開門之後，裡面只有宇月小姐一個人孤伶伶地坐著。

「早安。」

宇月小姐嚇了一跳，看著我，然後小聲道：「早，你來得真早。」

「咦？已經九點半了呢。其實我早就到了，只是迷路了，跑到叫神經什麼的解剖教室去了。」

宇月小姐含蓄地笑說：「現在這個時間，那間教室正在開會吧？」

「那是在開會嗎？很像班會的討論時間。」

宇月小姐露出瞭然的表情回答：「那是在討論實驗結果或自己的假說，讓研究變得更好。你用班會來比喻，並沒有錯，神經控制解剖學教室每天早上都會像那樣開會。」

「那這間教室什麼時候開會？」宇月小姐沉默了。這時背後傳來聲音：

「這間教室沒有那種活動。」

回頭一看，一身白袍的桃倉先生表情呆滯地站在門口，他把超商塑膠袋丟到桌上。除了三明治和巧克力，還有一本厚厚的漫畫雜誌也一起掉出袋子。「啊，是《Dondoko》。」

桃倉先生露出驚訝的表情：「你都國中生了，還看什麼《Dondoko》嗎？」

聽到這話，我才覺得驚訝。《Dondoko》是給小學生看的漫畫雜誌，對國中生來說確實幼稚了點，但要這麼說的話，桃倉先生明明是醫生，卻買《Dondoko》來看，他自己更奇怪吧？可是桃倉先生開心地問我：

「你喜歡《Dondoko》裡的哪一部連載？」

「我喜歡《超人巴克斯・英雄回歸2》。」我當下回答，桃倉先生的表情更開心了。

「真讓人驚訝，我在這裡終於也有同伴了嗎？」

宇月小姐小聲告誡：「鼴鼠，一早聊這種事，當心又要挨藤田教授罵囉。」

豎起耳朵仔細聽，宇月小姐真的是叫他「鼴鼠」。難道宇月小姐是東北人，發音含糊不清嗎？

「管他那麼多，反正藤田教授中午過後才會來。」

「那可不一定。」門外傳來聲音。門一打開，藤田教授站在那裡。

桃倉先生驚慌失措：「藤、藤田教授，您今天怎麼這麼早？有什麼事嗎？」

這麼早？看看壁鐘，都已經快十點了。原來這裡可以隨便遲到嗎？真是如此的話，這裡對我來說就像樂園。

「你在說什麼？我們綜合解剖教室最講究準時，早上九點上班是基本吧？」

「呃，喔……」桃倉先生怔愣地回應。

藤田教授拿起《Dondoko》，眼神就像看到什麼髒東西。

「要我說幾次你才懂？有空看無聊的漫畫，不如去做PCR產物的序列重現實驗。要是能找到那個易位，那可是科學期刊《自然》（*Nature*）級的大發現。」

「我很努力在實驗，但就是一直找不到，我昨晚也熬夜實驗了。」

「熱情！你就是缺少幹勁，才無法重現序列。」

藤田教授把厚厚的《Dondoko》丟進垃圾桶裡。啊，那是最新一期啊！

桃倉先生聳了聳肩，離開房間了。

我想起爸爸的話——**科學研究需要的不是努力或熱情，而是邏輯和感性**。我覺得藤田教授的話和爸爸告訴我的完全相反。

藤田教授目送桃倉先生的背影，輕咂了一下舌頭。

「不知變通的傢伙，就不會效法一下赤木嗎？」

接著他轉向我，露出滿面笑容：「曾根崎同學，歡迎來到我們東城大學醫學院基礎學系的綜合解剖教室。從今天開始，你也是我們教室的一分子了。」

藤田教授的笑容就像不協和音，充斥了我的心胸，說不出具體的理由，但我感到很不舒服。

我坐在教授室的沙發上，平滑光亮的黑皮椅、豪華的扶手沙發對面，藤田教授笑容可掬。宇月小姐在我面前放下紅茶，在藤田教授的桌子擺上咖啡。藤田教授連聲謝謝也沒有說，便喝了一大口咖啡。接著瞥了一眼宇月小姐，宇月小姐就轉身離開房間了。

沒有砂糖，我只好學藤田教授，仰頭喝了口紅茶。保母山咲阿姨泡的紅茶比較好喝，但我沒有說出來。

「我給你的書讀完了嗎？」藤田教授問，我點了點頭。

「讀完幾本了？」

「咦？不是叫我下次來之前全部讀完嗎？」

「我對你沒這麼大的期待，難不成你全部讀完了？」

藤田教授瞪圓了眼睛，我不小心順著點了點頭。

「讀完了？十本全部？真的假的？」

藤田教授的聲音大到驚動了宇月小姐，她從隔壁的祕書室探頭過來查看。藤田教授站起來，開始踱步，宇月小姐見狀，把頭收了回去。

我想起以前看過的生物節目《好厲害！達爾文》的某個場面，覺得宇月小姐好像住在海底沙中的花園鰻。藤田教授以熱烈的眼神看著我：

「不愧是潛能全國第一的國中生，我本來還以為書單量多了點。」藤田教授的表情放鬆下來。啊，搞砸了。

這瞬間我想起爸爸的教誨，也就是「**先發制人，攻擊就是最強的防禦**」。不過這話應該是來自於知名的《孫子兵法》吧。當然要是賭輸了，後果不堪設想，不過既然總有一天都要露出馬腳，我想賭一把那渺茫的可能性，這就是所謂的「捨身攻擊」，是我和痞子沼玩躲避球時使用的戰略，勝率還不差。

「藤田教授想要找出眼癌的基因表現特異性，對嗎？」

我目睹藤田教授因為驚訝過度，整個塌下來的表情。我覺得有那麼一瞬間，他的眼底閃現奇妙的光彩。藤田教授大步走近我，用力拍打我的肩膀：

「真想不到，你不僅在那麼短的時間內讀完那麼大量的資料，還能歸納並做出假說。真是太神奇了，不愧是潛能測驗全國榜首、賽局理論界的世界翹楚曾根崎伸一郎的兒子。」

感謝你，三田村。一年B班的金頭腦，書呆子兼醫學宅的三田村優一同學，多虧有你，我的珍珠港偷襲戰漂亮成功了。我成功登上新高山了！登登楞登登！

可是我老是在關鍵時刻粗心大意。

爸爸最重視的金科玉律是——**凡事都該適可而止，見好就收**。

這下子，我又完全把爸爸最重要的教誨拋到九霄雲外去了，明明前陣子才剛發誓我絕對不會再犯這樣的失誤。

兼具高速學習力與敏銳洞察力，藤田教授認為他在我身上感受到無限的可能性，眼睛閃閃發亮地站起來，從書桌抽屜取出一本薄冊子。

「既然你這麼優秀，也不用等到四月正式入學了，直接進入下個階段吧。星期二以前，你要讀完這份論文。」

我瞄了一眼封面，天啊！這不是我最痛恨又最差的英文嗎？

「呃、啊、那個……我英文有點不太好……」

這下情勢不妙，我連忙從實招來。要是再繼續墊高自己的能力，會變成踩高蹺的小丑，下不了台。

藤田教授笑咪咪地說：「國一的話，已經學過英文了，我也了解你的不安，不過往後的研究者必須具備國際化的能力才行。英文是世界共通語言，醫學界也是，沒有英文能力，是沒辦法在這裡奮鬥下去的。」

呃，我一丁點都沒有要在醫學界奮鬥的意思，昨天國中那裡也才出了一堆我不拿手的數學習題……

我正要開口，藤田教授卻機關槍似地說了起來：「醫學論文的文法都是國中程度，也沒什麼太難的修辭。單字雖然很難，不過既然你都能在那麼短的時間內讀通那麼多書了，想必難不倒你的。裡面的專有名詞，之前給你的書上有日英對照。只要懂那些單字，這篇論文的內容是小菜一碟。」

根據大東亞戰爭史，日軍虛張聲勢，先發制人地偷襲珍珠港，在首戰大獲全勝。但這次攻擊也讓美國決定參戰，導致日本在太平洋戰爭中慘敗。

居然忘記這麼基本的史實，還把剛才的戰鬥比喻成偷襲珍珠港，我怎麼會笨成這樣？我暗自反省。

「這樣的話，可以跳過很多先前預定的步驟。打鐵趁熱，你今天就開始參加最前線的實驗吧。」

看到藤田教授眉飛色舞的表情，我暗自慌張起來。等等啊，先生，我爸爸說凡事過猶不及。事實上，我並非理解了原理，而是學校首席醫學宅把他理解的概念再稀釋一百倍講給我聽，我才勉強理解到輪廓而已。

這遭遇太沒天理了啊！儘管這麼想，但若說這是我自作自受，我也無話可說。我橫下心暗自盤算：「如果這是我採取先制攻擊帶來的苦果，那就見招拆招，走到最後一步吧！」

我對教授說：「太棒了！其實我一直好期待可以看看最前線的實驗。」

爸爸的話又掠過腦際——**利刃交鋒猶地獄，奮不顧身入極樂**。

嗯，這其實不是爸爸自己發明的話，好像是出自某個偉大劍道師父所作的詩歌。我對地獄和極樂都沒有興趣，但既然要做就做到底，踏進極樂天堂吧。要是在這時候隨便怯場，退縮或是收手，好不容易吹得這麼大的牛皮也要消風了。

藤田教授滿意地笑著點點頭：「太棒了，那麼，你就擔任桃倉的助手，實際參加研究吧。」

我在沙發坐下來，呆呆地看著眼前的紅茶杯緣。

「Any questions?」藤田教授看著我說。

「啊？」

「你是那位曾根崎教授的兒子吧？那麼日常英語對你應該不是問題吧？」

「說來見笑，在下不諳英語。」我垂頭喪氣地說。

「你的用詞有時候很奇怪呢，到底是受到誰的影響？」是受到我最喜歡的歷史戰記讀物的影響——總覺得這樣說會被誤會是在挑釁，所以我沒吭聲。

「Any questions? 意思是『有沒有問題？』」

我原本不想對這番親切的解釋做反應，但忽然想起一直耿耿於懷的疑問。這個問題不經大腦地脫口而出：「這一樓的另一邊有一間叫神經什麼的解剖學教室，那裡也是解剖學教室嗎？」

藤田教授的臉上突然失去了表情，變成一種無色透明的面容。什麼叫無色透明的面容？雖然是自己想到的形容，我卻納悶起來。

片刻後，藤田教授說：「那裡的事你不用管，那裡一點都不重要。」

話語中的冰冷讓我縮起了脖子。

我和藤田教授搭上電梯時，燈光又熄滅了一下。接著電梯開始緩緩下降，經過一樓，抵達地下一樓。門一打開，冰涼的空氣便籠罩了我。陰暗的走廊筆直地延伸而出，天花板上間隔遙遠地掛著電燈泡，感覺時代一口氣倒回了半世紀以前。

藤田教授率先邁步走出去，腳步聲拖出長長的尾音。腳步聲很緩慢，藤田教授的身影卻迅速前進。感覺他的背影就快消失在陰暗之中，我連忙追上去。覺得只要稍微拉開距離，就會被囚禁在黑暗裡，藤田教授在盡頭處的門前回頭：

「曾根崎同學，提醒你一聲，剛才經過的走廊上，那道門絕對不可以打開。」

藤田教授平淡的聲音，在這裡聽起來也顯得格外有分量。我嚥了一下口水，啞著聲音問：「為什麼？」

藤田教授淡然地說：「那個房間裡保管著解剖下來的人體器官，都泡在福馬林桶裡。」

「討厭啦藤田教授，不要開玩笑嘛。」

藤田教授以奇異的表情看我：「我幹麼跟你開玩笑？」

這句話讓我整個人定住了，剛才經過的那個房間，真的塞滿了屍體嗎？我火速追上藤田教授的背影，衝進盡頭處的房間裡。和陰暗的走廊相反，房間裡燈火通明。一個穿白袍的人蜷著身體，對著桌子專心一意地做事。

「桃倉。」藤田教授出聲叫桃倉先生，他也沒發現，盯著桌上的試管，全神貫注地操作移液器。

「桃、倉！」藤田教授大喊，桃倉先生全身抖了一下，抬起頭來。

他愣了一下，聲音沙啞地說：「藤、藤田教授，你怎麼會來這裡？」

「因為曾根崎同學的理解力出類拔群，令人驚豔，所以我想把之前跟你討論的曾根崎專屬課程提前，就從第五階段開始吧。」

「這、這太亂來了。」

「哪裡亂來？他短短兩星期就把你指定的十本參考書全部讀完了。不愧是超級國中醫學生，依他的程度，一口氣跳到第五階段也沒問題。」

桃倉先生擔心地問我：「你真的兩星期就讀完那十本書嗎？我以為大概得花個半年。」

什麼？既然如此，怎麼不早說嘛！這樣我就可以把三田村指導我的內容分次秀出來，假裝整整花上半年才讀完了。

爸爸的話掠過我的腦際——**發現錯誤的當下就修正，是最快也最好的**。

這一瞬間，我有股當場揭露真相的衝動。正當我準備開口坦承不諱的時候，房門打開，一名高個子男生進來了。是穿著立領制服的超級高中醫學生佐佐木，我不經意地看向佐佐木學長手中的玻璃瓶，背脊整個凍結了。

玻璃瓶裡面裝的東西——是一顆眼珠，那顆在液體中緩緩漂浮的眼珠狠狠地瞪了我一眼。目睹這一幕，我當場昏了過去。

在逐漸模糊的景色一隅，佐佐木學長的右眼冰冷地閃了一下。

∞

額頭一陣冰涼，我睜開眼睛，天花板好白。

「你醒了。」低沉的聲音響起，一張白皙的臉探頭看過來，是宇月小姐。

我回想起自己昏倒的事，坐了起來。放在額頭上的溼毛巾「嗒」一聲掉到地上，後方傳來聲音：「看來對曾根崎同學來說，踏進實驗現場還太早了。」

是藤田教授，仰頭一看，教授的臉上下顛倒地映入眼簾。

「對不起，我沒想到曾根崎同學會在。」

聽到佐佐木這話，我面紅耳赤。那點小事就把我嚇暈過去，簡直太弱了。雖然說是小事，但突然看到赤裸裸的人類眼球，一般的國中生都會嚇到昏倒吧？

我提心吊膽地問：「那顆眼珠是什麼？」

「那是手術取出來的視網膜母細胞瘤的眼球，有一半拿去診斷，另外一半拿來做研究。」

藤田教授指著角落的圓形容器說：「現在放在冰櫃裡冷凍保存。」

藤田教授擔心地看著我說：「發生在眼球的癌症——視網膜母細胞瘤，是這間教室的研究重點。我原本想要你幫忙研究……這下傷腦筋了。」

「為什麼？」我問，藤田教授的表情猶豫了一下：

「我本來要讓你加入眼癌計畫的團隊，可是你光是看到取出的眼球就會昏倒的話，我得另想法子才行了。」

「沒事的，剛才是第一次，而且是突然看到，所以我嚇了一跳而已，只要做好心理準備就沒問題了。」我連忙說。

「不必勉強，還有其他題目可以研究。」

「不，機會難得，請讓我幫忙眼癌的研究。」

我堅持說，藤田教授露出詫異的表情：「為什麼你這麼堅持？」

「我也說不上來，只是覺得研究眼癌好像很有趣。」

佐佐木學長聽到我這話，右眼似乎閃了一下。

這話一半是真的，一半是胡扯。對眼癌研究有興趣的不是我，而是書呆子醫學宅三田村。他以超特急的速度為我做了十本書的摘要解說後，激動地喘著氣說：「眼癌研究因為基因學的分析，可能會形成很有意思的一門新領域。就連我這樣的人，也能立刻想到好幾個實驗構想。」

「那太好了，這樣的話，我們就來解開眼癌的病發機制，一起拿下諾貝爾醫學獎吧！加油！」

我和三田村的午休讀書會持續了十天，這段過程中，我理解了眼癌這種疾病的概貌。要是現在改變研究主題，把眼癌除外的話，我和三田村先前耗費的龐大時間都將付諸流水，我的醫學知識庫存會歸零，無論如何都要避免這種狀況。

藤田教授看著我說：「好吧，不過不必急著決定，再研究一下吧。今天你先回去好了，看你臉色慘白成那樣。」我乖巧地點點頭。

就這樣，我在東城大學醫學院研究的第一天慘澹落幕了。

4月9日（六）

爸爸說：「無用自有無用的意義。」

四月，我升上國二了。不過國中是義務教育，升級是天經地義的事，說這種話等於暴露了自己的成績水準。可是沒辦法，我是真的放下了心中一塊大石。

升二年級的時候沒有重新分班，一年B班原班人馬變成了二年B班，導師也一樣是田中佳子老師。第一次班會的時候，田中老師笑吟吟地向大家打招呼：「又能跟大家同一個班級，老師好開心。今年的合唱比賽一定要練出成果，今年的自選曲和去年一樣，要繼續唱《給我一雙翅膀》。」但根本沒有人在擔心合唱的事。這位老師還是一樣，脫離現實。

我從三月開始加入藤田研究室，同時繼續在櫻宮中學就讀，漸漸開始習慣邊做研究邊讀國中的雙重生活了。我把指導老師桃倉和藤田教授告訴我的事寫在筆記本裡，拿給三田村看，請他給我建議。雖然我這人生性懶散，卻滿喜歡這種單調的工作，原本我就習慣把爸爸的話挑選喜歡的抄寫在筆記本裡。

總之，我把實驗中注意到的事情全部記錄下來。加上日期之後，感覺就好像日記一樣。比方說，以下是四月第一個星期的筆記內容：

・四月五日（二）陰

一大早就去東城大學，做PCR。把檢體（英文叫material，在我們的實驗中，指的是在眼球裡面任意增生的癌細胞——視網膜母細胞瘤）磨碎，然後和試藥一起放進儀器裡。等待期間，製作有溝槽的洋菜膠，把藍色液體和檢體一起倒進去，然後放進叫作電泳槽的儀器裡面通電，藍色液體就會在洋菜膠裡面緩慢前進。結束之後，在洋菜膠貼上一張叫分析紙的光滑紙片，疊上濾紙，壓上重物，就好像在製作洋菜膠押花一樣。

如此一來，封在洋菜膠裡面的PCR產物就會轉移到分析紙上，三個小時後，把扁平的洋菜膠從分析紙撕下來，用生理食鹽水沖洗。接著將液體倒入塑膠容器（這邊由桃倉先生操作，不是我），放進搖來搖去的機器裡。做到這裡，桃倉先生說「今天就這樣結束吧」，我便回家了。

桃倉先生不厭其煩地叮嚀我，要確實記錄日期、檢體編號、使用的探針資料。附帶一提，今天的實驗做的PCR，是對眼癌第24號檢體使用能檢查有無

GANGAR基因易位的探針。

・四月六日（三）晴

櫻宮中學開學典禮。午休時間，我問了三田村PCR的事。他說了什麼有一種黏合反應，會因為溫度的關係，有時發生，有時不會發生，所以控制溫度，就可以讓叫作引子的東西黏在一起或是分開，讓染色體DNA的一部分增加。我說我完全聽不懂他在講什麼，三田村就生氣了。

・四月七日（四）晴

東城大學。一到解剖學教室，桃倉先生就告訴我前天的PCR結果。他說眼癌驗出了與特定蛋白質相關的RNA異常表現，非常激動。好像是說「確認到重複序列插入類型的GANGAR基因易位，這是首例」。

桃倉先生不停地說這是新手的好運氣，如果資料正確，就表示眼癌特有的蛋白AY811的第七個胺基酸從親水基轉換為疏水基，在這時斷裂，導致蛋白質的性質完全翻轉。雖然我想了解更多一些，但我可是超級國中醫學生，沒辦法對這麼基本的事提出問題，最多只能拚命把桃倉先生的話寫下來。

沒辦法，明天再去問三田村吧。

・四月八日（五）陰

櫻宮國中。聽完我說的話，三田村也很激動。據說那個什麼疏水基轉換，現在在視網膜母細胞瘤相關領域是最熱門的話題。他說「要是能確定易位部位的斷裂，那就是世紀大發現了」。我問他怎麼會知道這麼專業的事，他說只要他上網搜尋一種疾病，研究之後隔天就能夠向醫學系的學生授課。我再次確認這傢伙不是書呆子，而是如假包換的醫學宅。

三田村說，搞不好真的可以用「三田村・曾根崎理論」拿到諾貝爾醫學獎……怎麼可能嘛？

讀完一連串筆記，我大口吃著山咲阿姨為我做的鳳梨可頌早餐，並打開半夜收到爸爸的信。四月九日星期六，今天早上爸爸吃了什麼？我邊想邊點開郵件，內容難得很認真。

✉親愛的薰：昨天的郵件真令我興奮，或許你在醫學史上留下了燦爛的一步。

Congratulation（恭喜）伸

昨晚我回顧整理研究室發生的事，福至心靈，把內容寄給了爸爸。爸爸好久沒這樣稱讚我了，而且還忘記寫早餐吃什麼，他肯定非常開心。話說回來，我都已經國二了，早就學過 congratulation 是什麼意思，當然「親愛的」也可以寫英文。可是我太開心了，立刻回信給爸爸：

✉薰↓爸爸，我是不是應該就這樣成為醫學研究者呢？學校的數學那種沒用的東西就別學了。

回信立刻寄到了，太平洋的另一頭，爸爸似乎正坐在電腦前面工作。

✉親愛的薰，如果是你的話，馬上就能成為醫學家，可是不用著急。即使是覺得沒用的事，也是很重要的，沒用自有沒用的意義。伸

我看不太懂爸爸的郵件要表達什麼，但仍然懷著自豪的心情，再讀了一遍我的業務日誌，然後離開家門。今天我臨時要去東城大學，再次確認之前的大發現。「外面下雨，帶雨傘出門吧！」山咲阿姨提醒著，但我沒理會。公寓前面的公車站有遮雨棚，衝刺過去只要三十秒，就算下著傾盆大雨也沒問題。而且幸好今天早上下的是小雨。

藍色公車馬上就到站了，車子裡微微彌漫著雨的氣味。

轉乘的紅色公車爬上平緩的坡道，煙雨濛濛中，東城大學醫學院附屬醫院的灰白雙子大樓越來越大。我在終點站下車時，雨勢變得相當大了，因此我用衝的前往紅磚建築。

邊拍掉身上的雨滴邊走進電梯，按下按鈕，燈光熄滅了一下，緩慢地開始上升。我盯著燈光，忽然發現我完全習慣這座會突然熄燈的電梯了。明明來這裡也才不過一個多月的時間，真令人驚訝。

我開始掌握雙重學生的步調，只要抓到訣竅，其實很簡單。我開發出一個嶄新的妙招：把東城大學做的實驗內容筆記下來，隔天請特派匿名工作人員三田村為我解讀，同時趁著在東城大學的時候，解決櫻宮中學的功課。按照這樣的描述，看起來或許就像個分秒必爭、三頭六臂、二十四小時戰鬥狀態的幹練生意人，但我實際上奸詐許多。

其實，我是私下請桃倉先生幫我寫學校功課的。我們一起做實驗以後，桃倉先生開始發現我是個無可救藥的爛學生。

「我是不太想囉唆什麼，可是曾根崎同學你啊，比起在這種地方做醫學研究，應該還有更重要的事情要做吧？比方說學會怎麼解雞兔同籠，這根本是小學算數問題吧？」桃倉先生說的完全沒錯，我無可反駁。

桃倉先生慢悠悠地接著說：「不過今天星期六，你還特地過來，而且是教授把你叫來的，我身為他的部下，多少也有責任。最重要的是，你是個小福星，就當作報答你帶來的寶貴發現，我來教你數學好了。」

就這樣，我不費吹灰之力地得到了一個東城大學醫學院現任醫師的家教，可是事實上也不是多厲害的事。分子生物學的實驗，大部分都只是在枯等，所以很無聊。把檢體（material，或是PCR product）——比掏耳棒前端還要小的肉塊（大部分是癌症腫瘤），和控制組——用來比較的肉塊（差不多大小）分別磨碎，灑上幾種小瓶子裡的調味料，泡進熱水裡燉煮。這段期間，把甜點的洋菜凍放進微波爐裡加熱一下，倒進模子裡，冷卻凝固後放進冰箱，進一步冷卻。果凍做好後，將藍色的裝飾灑進剛才磨碎的檢體液中，倒一點點在果凍的溝槽裡。

像這樣描述，感覺好像忙得媲美餐廳裡的王牌主廚，但實際上這些步驟要花上三小時左右進行，所以非常悠哉。之所以這麼花時間，不是因為我笨手笨腳，而是中間的等待時間很重要，有時候它們才是關鍵。

準備好之後，打開開關，等上兩小時，這段時間通常無事可做。

我和桃倉先生只能一起打發無趣的等待時間，一開始我們熱烈討論共同的興趣，比方說《超人巴克斯．英雄回歸2》，但很快就不這麼做了。因為我和桃倉先生的喜好南轅北轍，我喜歡明明是個大酒鬼，卻自稱正義使者的巴克斯。但桃倉先生支持想要侵略地球，卻滿口冠冕堂皇的壞蛋席托隆星人，所以就算討論作品，結果總是會搞到其中一邊不開心。

不過教我功課這個任務，似乎讓桃倉先生很有成就感，他非常熱心地指導我。在數學教學中，權力關係分明，對話也很順暢。不會像爭論巴克斯與席托隆星人誰才是對世界和平有幫助那樣，互不相讓。別看桃倉先生這樣，他好歹也是大名鼎鼎的東城大學醫學院附屬醫院的現職醫生，而我是成績吊車尾的國中生。

不過實際上，是我獲得壓倒性勝利。因為我在做的事，形同狡詐的寄生蟲戰法，投機地將功課塞給桃倉先生。我明白濫用別人的好意，是全國第一的超級國中醫學生絕不該有的可恥行徑。可是我別無選擇，我的功課本來就比一般國中生還要差，現在又身不由己地被迫扛起日本第一的招牌，還得負起離譜的義務——投入日本頂尖水準的研究。

我想這點程度的不老實，老天爺應該也會睜隻眼閉隻眼吧。雖然要是真的對老天爺這麼說，應該只會得到冷冷的一句：「那是你自作自受。」

結果，我心中的老天爺形象，變得越來越像爸爸。離題了，原本只是想講我把實驗和功課兩邊掉包的故事。不過，桃倉先生雖然教得很好，可是與他胖碩的身材及和藹的外貌相反，他出人意料地缺乏耐性。

「所以說，雞有兩隻腳，兔子有四隻腳，只要確定有幾隻，聯立方程式就能成立……」

「……什麼是聯立方程式？」

「你不知道聯立方程式？你都國二了，應該早就學過了吧？」

桃倉先生瞪大了眼睛。我聽過「方程式」三個字，所以或許是我上課偷看《Dondoko》的時候教的。事到如今，再追究那麼遙遠的過去也沒有意義，所以我只能含糊地點點頭。

「只要列出聯立方程式，就可以輕鬆解題，但如果你不會，教法就有點麻煩了。」桃倉先生抱住了頭，口中嘟噥著。

「難道應該用『漸減法』教你嗎？少一隻雞，多一隻兔，就會多兩隻腳，先假設全部都是雞，就能確定腳的數量……」

我傻眼地說：「這種解法我也想得到，你不知道我為什麼會特地問你嗎？因為這個問題有八九二五隻雞兔，腳的數量總共有二七八四六隻。如果用你說的那種算法，到底要算到何年何月？」

桃倉先生茫然地看我，那表情就好像八九二五隻雞兔瞬間在他的腦中膨脹並且爆炸了。可是我提到這件事，重點並不是二七八四六隻的雞兔腳，純粹只是想要表達桃倉先生這個人太認真了，不知變通。

我們正在討論這些題目時，房門突然打開，宇月小姐探頭進來：

「桃倉醫生、曾根崎同學，藤田教授說要緊急開會，請你們立刻上去。」

「現在不行，我們正在確定曾根崎同學做出來的精彩結果，非常關鍵，再一個小時都沒辦法離開。」

我吃了一驚，桃倉先生居然會反駁，真是難得一見。同時妄想滾滾膨脹起來，搞不好證明三田村大師的「三田村．曾根崎理論」的日子將意外地快到了。那麼，還是應該叫「曾根崎．三田村理論」比較好吧。

腦中浮現三田村推眼鏡的身影，同時響起他的聲音：「曾根崎，你沒有發現這項發現的重要性，所以還是應該由我排在前面。」

「開什麼玩笑！」我不小心對自己的妄想頂嘴。

宇月小姐和桃倉先生詫異地看向我，我把後續台詞收進心裡，對心中的三田村駁斥道：「超級國中醫學生曾根崎薰大師怎麼可能會沒發現？」

我看著桃倉先生拚命向宇月小姐抗議的樣子，在內心放聲大笑。哈哈哈哈，席托隆星人桃倉，你就努力證實超級國中醫學生曾根崎薰大師偉大的實驗結果吧！在心中說完後，我忽然想到：「我這副德行，豈不是跟藤田教授一樣嗎？」

「現在真的不能中斷實驗。」桃倉先生不斷地抗議。這讓宇月小姐感到困擾，但她堅定地說：「那些複雜的事我不懂，可是藤田教授交代要是桃倉先生推三阻四，綁也要把他綁過來。」

宇月小姐真的從口袋取出繩索，她是為了藤田教授那句「綁也要把他綁來」，還特地準備了小道具嗎？她真是個怪人。看到繩子，桃倉先生似乎死了心，嘆了一口氣：「好吧，我立刻上去。」

桃倉先生再次深深嘆氣，關掉了機器。紅燈熄滅，變成了黑色。

藤田教授聲音開朗，活力十足地迎接我們：「曾根崎同學真是個天才！這是《自然》級的大發現！」

藤田教授非常激動，房間角落坐著我的前輩，超級高中醫學生佐佐木。他的眼神依舊冰冷，讓我覺得快活的心情一口氣被急速冷凍了。

但藤田教授還是興高采烈地繼續說：「這下就可以向教授會報告，那些在背後說風涼話的傢伙們也非閉嘴不可了。曾根崎同學一定會成為讓優秀的國中生研究者進入東城大學——不，全日本大學的先驅。因為曾根崎同學這個第一號的表現真是太驚人了！」

聽到藤田教授的話，我想起爸爸的話：**領頭跑者很辛苦，卻也最風光**。

藤田教授激動未平：「必須盡快把結果報告上去，投《科學》（*Science*）的rapid report（速報）最快嗎？還是《自然》的線上投稿？在那之前，要先找媒體嗎？」

桃倉先生戒慎恐懼地開口：「呃，曾根崎同學的定序結果確實是嶄新的發現，但有些令人介意的地方……」

瞬間，藤田教授以宛如凍原地帶的冰冷眼神看向桃倉先生：「你老是這樣，只會澆冷水。看看神經控制解剖學教室的赤木，學學人家吧。」

咦？藤田教授之前不是說那個「神經什麼的解剖學教室」沒什麼大不了的？

平常的話，桃倉先生會就此閉嘴，今天卻很難得地反駁說：「赤木是個傑出的研究者，我很想效法他，不過這是兩碼子事。實驗無法重現曾根崎同學做出來的結果，我認為應該等到實驗確認相同的結果後，再找媒體。」

重現實驗？我根本沒有參加考試，為什麼還要補考？9

難不成我要被測驗三田村私下教我的那十本書的內容嗎？

藤田教授沒發現我內心的驚慌，表情變得更冷了。那表情有點像是我問「可以看漫畫學醫學嗎？」時，一閃而過的不屑表情。「桃倉，你完全不明白現在全球化研究的領域中，競爭有多激烈。在這個領域，只要慢別人一秒，一切都會化成泡影。毫釐之差，就是天堂與地獄的差別，只要現在確定曾根崎同學發現的『曾根崎帶』，下一個諾貝爾醫學獎得主或許就是我們教室的成員。你應該把視野擴大一點、更國際化一點。」

藤田教授的話把我嚇了一跳，興奮一點一滴地湧上心頭。

聽到了嗎？三田村。我們好像已經確實踏出了諾貝爾醫學獎的第一步了，「曾根崎帶」這個詞在耳底縈繞不去。

「藤田教授的意思我明白，可是真的很抱歉，可以請教授稍安勿躁，等到重現實驗的結果出來嗎？」從桃倉先生的話中，我理解到他說的「重現實驗」好像是要再次確認實驗的結果。而不是「補考」、再考一次的意思，不過這「重現實驗」似乎不是我的工作。

可是，為什麼桃倉先生要接下我的實驗重現工作呢？

「結果什麼時候會出來？我可以等到明天早上。」

「大概下週後半就會有結……」桃倉先生話還沒說完，藤田教授便像機關槍

9. 譯註：日文中，「重現實驗」和「考試補考」用的是同一個詞「追試」。

似地滔滔不絕：

「昨天晚上我熬夜完成了這份 rapid report。曾根崎同學的實驗結果，徹底解釋了視網膜母細胞瘤最大的謎團，發生初期階段中α蛋白GANGAR基因表現機轉的疑點。這是哥白尼式的發想翻轉，是新天才的誕生。整個醫界一定都會為他的才華瞠目結舌，震驚不已。」

藤田教授把一疊紙丟到桌上，俯視桃倉先生。

「這才是世界頂尖研究者的速度啊！桃倉。」

我莫名地感到信服。藤田教授那種機關槍式的說話速度，和爸爸回信的速度一模一樣，而爸爸被譽為賽局理論的世界翹楚。在我眼裡，藤田教授彷彿正光輝四射。在他旁邊，黯淡無光的桃倉先生垂頭喪氣。藤田教授使出致命一擊說：「桃倉，明天早上之前，可以交出實驗結果吧？」

桃倉先生縮著身體回答：「沒、沒辦法，我剛才正在做，但教授叫我過來，只好中斷。必須重新調整藥劑再來，實驗結果最快也要四天後的晚上才能出來。」

藤田教授的臉瞬間脹得通紅。但是與那凶神惡煞的表情相反，藤田教授說出口的話，卻非常平靜：「桃倉，你的意思是叫我等兩天再投稿我熬夜完成的傑作論文嗎？如果在這四天當中，我們的死對頭，麻省醫學院的歐胡教授也投稿了 rapid report，對我們藤田教室的學術成績會有什麼影響？」桃倉先生沒有回話。

「今天晚上就給我交出實驗結果。」在藤田教授的嚴命催逼下，桃倉先生垂頭喪氣地走出房間，佐佐木學長跟了上去。

我目送兩人離開，因為藤田教授叫我留下來。要不是藤田教授突然叫我們來，本來實驗結果今天晚上就會出來了，然而卻功虧一簣，都是藤田教授的責任。桃倉先生卻沒有反駁，悄然離去，他的背影讓人看了難過不已。可是這時的我完全被藤田教授的興奮感染了，他的描述中充滿了華麗的詞彙，讓我飄飄欲仙。

「諾貝爾醫學獎」、「曾根崎帶」、「《科學》的 rapid report」、「天才出現」、「哥白尼式的發想翻轉」、「傑作論文的投稿」、「震驚醫學界」……

這些華麗的詞句大軍席捲了我的腦袋，我就像被迫坐上迪士尼樂園的太空山時那樣，先是驚慌，然後覺得還不賴，接著樂不可支，情緒大起大落。

藤田教授非常激動，用力拍打我的肩膀：「短短一個多月就做出這麼棒的結果，不愧是超級國中醫學生。不，從今天開始，就叫你超級無敵國中醫學研究大師好了，genius 曾根崎真是個 splendid 的 miracle boy（天才曾根崎真是個傑出的奇蹟男孩）。」

藤田教授看著桌上攤開的論文說：

「我看還是投稿《自然》好了，今晚整理好，明天一早就用國際快捷寄出，三天後就會寄到總部了。那麼，曾根崎大師，請在這裡簽名。」

藤田教授遞過來一張紙，我依言用宇月小姐拿給我的鋼筆在空欄簽名。以字很醜的我來說，簽得相當不錯。

藤田教授收起那張紙，說：「好，這下子這份論文的第一作者就是曾根崎同學了。聽好了，這篇論文就是你寫的。」

「咦？可是我完全不會英文……」我牛頭不對馬嘴地回答。

我不會英文，當然不可能知道論文裡面寫了些什麼。然而藤田教授對我的回答充耳不聞，興奮地繼續說：

「我現在就影印一份給你，星期一以前，你要全部背起來。文章是國中英文程度，雖然單字滿特殊的，不過你已經在這裡研究了一個月，應該都很熟悉，看得懂才對。後天星期一，我們一早就請媒體來開記者會吧。搞不好會有記者用英語發問，你要好好回答。」

全部背起來？慢著，先生，這太亂來了！

「那個，星期一我要去國中上課……」我慌忙說。

「你傻乎乎地在說什麼啊？這可是要投稿《自然》期刊的論文呢，要得諾貝爾醫學獎的呢！沒用的義務教育根本不重要。」

我跟不上藤田教授的強勢，只能洩氣地「喔……」一聲回應。藤田教授搓著雙手：「好了，明天開始有得忙了，我們會讓全世界為我們瘋狂。」

藤田教授從上到下細細打量我，說：「星期一你得穿像樣一點。」

這驚濤駭浪的發展讓我茫然若失，但還是點了點頭。

「那個，我好像累了，我可以回去了嗎？」

藤田教授大方地點點頭：「好好休息吧，下星期開始，就算你想休息也沒空了。」藤田教授語出驚人地嚇唬我。

很快地，我體認到藤田教授說的完全沒錯。正確地說，狀況甚至超越了藤田教授的想像，但當時的我完全無從得知。

一走出房間，立刻有人抓住我的手，把我拖進隔壁的小房間。穿立領制服的超級高中醫學生佐佐木冷眼看著我問：「剛才那是真的嗎？」

「欸？」

「那個帶上的序列，真的是你在實驗裡做出來的嗎？」

我點點頭，佐佐木學長接著問：「那，桃倉先生說的也是事實了？」

我不解地歪頭，佐佐木學長不耐煩地急著問：「重現實驗還沒有做？」

我再一次點頭，接著聲音沙啞地說：「剛才只差一點就要完成了，可是藤田教授非要我們馬上過來不可，所以實驗前功盡棄了。」

佐佐木學長咂了一下舌頭：「藤田教授就是容易沖昏頭，明明在國際學會上乖得跟什麼似的。」

接著他自言自語地說：「鼴鼠也真是的，應該斬釘截鐵地拒絕，說沒空過來就好了啊。每個人都這副德行，傷腦筋，那麼教授說要怎麼做呢？」

「他說明天一大早就要報名《自然》的『拉批』什麼的，他好像打算在星期一找媒體開記者會。」

佐佐木學長雙手抱胸沉思起來：「既然如此，已經無可挽回了嗎？」

和藤田教授一起喜上雲霄的我聽到佐佐木學長的喃喃聲，感到心中暗雲翻湧。我想要以虛張聲勢的樂觀吹散這些烏雲：「我找到的曾根崎帶是那麼厲害的發現嗎？」

佐佐木學長看著我，點了點頭：「得諾貝爾獎是太誇張了，不過確實是驚人的發現。只是……」

他冷冷地補了一句：「……前提是結果是真的。」

佐佐木學長這話讓我惱羞成怒：「當然是真的啊！你的意思是我造假嗎？」

我激動的反應似乎讓佐佐木學長嚇了一跳，但他靜靜地搖頭：「不，我不是在說你造假。就算要造假，也是明白原理的人才有辦法，你根本就不懂分子生物學吧？」我覺得當場被人戳破牛皮，面紅耳赤。

佐佐木學長說的完全沒錯，我卻忍不住急著反駁：「確實，我連你百分之一的知識都沒有，可是我在比你更短的時間內，做出了比你更加厲害的結果。」

佐佐木學長小聲說：「沒錯，但前提是你做出來的結果是真的。對了，我問你，你研究醫學，是為了什麼？」

「為了什麼？又不是我自己決定要來這裡的，我怎麼會知道呢？」

佐佐木學長嘆了一口氣說：「沒有目的，也說不出理由，只知道跟著做，那麼你的研究根本是垃圾。」

佐佐木學長是在生我的氣嗎？但是我無法理解他的憤怒。

我反駁道：「沒錯，反正我就是個屁孩，我的研究是垃圾！」

可是，接下來的話我就說不出口了。

因為他丟出一句：「如果這垃圾研究的論文登上《自然》，將來拿到諾貝爾獎的話，到時你又要怎麼說？」

我頭一甩，就要離開房間，佐佐木學長對著我的背影說：

「星期一記者會的時候，記得話越少越好，懂嗎？」

我抓著門把回頭，無奈地點點頭。超級高中醫學生佐佐木抬起下巴，做出叫我快走的表情，我只好離開了房間。

4月11日（一）

爸爸說：

「封閉的世界必定會腐敗。」

我在前輩超級高中醫學生佐佐木冰冷的眼神目送下，直接搭上前往櫻宮車站的公車。從這邊往車站倒數的第二站「三田村醫院站」，是三田村的家。他可能去補習了，但我無論如何都必須在今天找到我的智囊三田村。

下了紅色公車，站在大醫院前。小時候我因為發燒，給三田村的爸爸看診過幾次，但不記得他的長相了。按下入口門鈴，過一會兒傳來女人的聲音：「急診病患嗎？醫生現在不在。」

「不是，我是三田村同學的同學曾根崎，我有事找他。」我對著對講機說話，片刻後，門打開來，露臉的女人我有印象。

「哎呀，曾根崎同學，好久不見。優一要去補習了，不過應該可以跟你講一下話，進來吧。」聽到聲音我想起來了，是三田村的母親。我被帶到客廳，正猶豫該不該伸手享用端到眼前的茶點，這時三田村推著他的黑框眼鏡出現了。

「曾根崎，你怎麼突然來了？」

「其實我有事情想請你幫忙，明天以前，你可以詳細跟我解釋一下這篇論文嗎？」

「今明兩天不行耶，我要去補習。」

連週末也要補習？我出於驚訝和敬佩，直盯著三田村的臉看。不，現在不是佩服的時候，我把論文的草稿遞給三田村：

「這是藤田教授剛才給我的，剛出爐熱騰騰的論文寶寶。是世紀大發現『三田村・曾根崎理論』值得紀念的第一號論文，我想要第一個拿給你看。」

「難、難道……」三田村以顫抖的手接過論文，目不轉睛地看著。

「難道三田村大教授寧願去無聊的補習班，也不想聽聽我們的研究可能會成為諾貝爾醫學獎候補的大消息嗎？」

「諾貝爾獎？怎麼可能？」三田村嘴上這麼說，卻推著黑框眼鏡，一頁一頁細心地看著論文。

「諾貝爾醫學獎或許太誇張了，不過好像要拿去報名《自然》。」

「自、自、自然？」三田村的聲音走調了。他再看了一眼論文，嚥下口水：

「真的嗎？」

我自信十足地點點頭，這可是藤田教授掛保證的。

三田村撫摸著我遞給他的論文：「看到這個，我爸一定會很驚訝。天哪，《自然》耶！」

「對吧？所以你火速把它的內容告訴我吧，搞不好後天星期一的一大早，我就得在媒體面前發表。」不知不覺間，我的口氣變得跟藤田教授一模一樣。

三田村一臉頹喪地看我，然後他羞恥地垂下頭：「曾根崎，我得向你告白一個重大的祕密。其實不只是社會科，我的英文也很爛。」

我目瞪口呆地看向三田村，接著顧不得自己的英文也很差，開口咒罵三田村：「你英文很爛？你怎麼遜成這樣！這副德行是要怎麼在往後的國際化競爭社會裡存活下來？三田村，你真是太讓我失望了！這樣以後我要靠誰才好？」

看到三田村縮成一團的樣子，我忽然想到一件事，這些話也跟藤田教授教訓桃倉先生的內容如出一轍。這時，一道悅耳的聲音響起：

「優一，今天爸爸不在，沒辦法開車送你，你得坐公車去補習，差不多該出門囉。」時間到。這樣我特地來這一趟根本沒意義了，但是無可奈何。

三田村要去的補習班在櫻宮中學附近，所以我和他一起搭乘會經過我家前面，駛往櫻宮水族館的公車。結果車上突然有人叫住我們：「咦，你們兩個怎麼會在一起？真難得。」

是美智子，真是太巧了。美智子說她剛去站前的可麗餅店回來，她眼尖地看見三田村手中的論文，脫口而出說：「《視網膜母細胞瘤驗出劃時代的抗原表現》？好棒的標題。」

「妳看得懂這些英文？」我驚嚇地問。

美智子隨手翻了翻論文說：「單字很難，可是文法是國一程度，比高中入學考的英文還簡單。」什麼？這傢伙居然說了跟藤田教授一樣的話。

這麼說來，有一次午休時間三田村幫我特訓的時候，美智子走了過來，順手翻看了一下我們在看的書。難不成她在那麼短暫的時間裡，就記住了醫學英文？

不愧是立志成為口譯的人，美智子真是個神人。我驚訝之餘，立刻開口：

「那妳幫我翻譯這個。」

「是可以，可是有很多我不會的單字。」

三田村突然恢復元氣，挺胸說：「醫學名詞交給我，我在指導曾根崎的過程中，已經駕輕就熟了。」

喂，三田村，你什麼時候變得那麼了不起了？我正想吐槽，卻又想到事實確實就像三田村說的。話說回來，三田村好像無論如何都想跟美智子一較高下。美智子抿唇一笑：「熟悉醫學的三田村同學，加上擅長英文的我齊心合力，就所向無敵了。既然遇到這樣的困難，我們身為同學，就向曾根崎同學伸出援手吧。」

或許是我多心，三田村的臉頰微微飛紅了。

但是接下來就不行了，美智子宣布：「『曾根崎團隊』成立！」三田村聽了不開心地嘀咕：「是『三田村．曾根崎理論團隊』。」

「咦，你們什麼時候組成團隊了？」

三田村支吾其詞：「呃，唔，這說來話長……」

稍微冷靜下來後，三田村重讀論文封面，揚聲驚呼：「咦？沒有我的名字。」

我也再看了一次封面。上面用羅馬拼音列出名字，首先是燦爛耀眼的 K.Sonezaki（曾根崎・K），接下來還有 Fujita（藤田）、Momokura（桃倉），然後是一大串根本不認識的名字。我先撇開追究這些人是誰，在其中努力尋找三田村的名字。結果確實沒有三田村的名字，然後我發現也沒有佐佐木學長的名字。

我焦急地辯解：「這是藤田教授昨晚熬夜寫出來的論文，他大概是忘記放進三田村的名字了，我星期一再拜託他放進去。」

「拜託了，我爸也會很開心的。」三田村鬆了一口氣說。

公車抵達美智子家前面的站牌了。美智子就要下車，三田村說：

「等一下，這裡有『喬納斯』餐廳對吧？我們也下車吧。」

「怎麼了，三田村？你不是要去補習嗎？」

結果三田村推起眼鏡，傻眼地說：「曾根崎，你在說什麼啊？這份論文可是

通往諾貝爾獎第一步的里程碑，得盡快掌握它的內容才行，補習班根本不重要。

進藤同學，請幫忙翻譯這篇論文吧！」

「喂，三田村，美智子也有自己的事要忙吧？」

「我沒問題，不過要請我吃熱帶三明治。」

「當然可以，曾根崎會付錢。」

三田村，誰叫你自作主張的？可是冷靜想想，這是目前所能想到的最強的一著棋，我跟著三田村和美智子下了公車。

四月十一日，星期一。我在櫻宮十字路的公車站轉乘紅色公車，前往東城大學醫學院。這是個閃亮亮的大晴天，敞開的車窗吹進來的風舒爽極了。

藤田教授交代我的功課，把英文論文整篇背下來，我早就放棄了。因為我醒悟到自己的英文實在太糟了，背下來是絕對不可能的任務。當事情不可能做到這種程度，選擇放棄就容易了。再說就算成功背起來，萬一又被藤田教授說「我沒想到你真的會背起來」，豈不是又做白工？畢竟藤田教授有前科。

可是論文的內容我已經確實掌握了，因為從星期六一直到晚上，我都在喬納斯餐廳接受美智子和三田村的特訓。為此，我甚至請他們兩個吃了咖哩飯，但是沒辦法，這是必要開銷。

不管如何，比起星期六那時候，我的等級已經大幅提升，滿懷自信，心情愉悅。甚至哼起了歌，我哼的是最近改編成動畫的《超人巴克斯．外傳》的主題曲。

這時，有人拍了拍我的肩膀。回頭一看，後面站著一個小男生。小男生戴著棒球帽，穿短褲，大概幼稚園年紀。他的右眼戴著白色眼罩，拉扯著我的襯衫袖子。「我問你，小凱喜歡巴克斯還是席托隆星人？」

他叫小凱嗎？我心想，隨口回答：「席托隆星人。」

男生搓著手，說著「多啦啦啦啦」，突然張開雙手鼓掌。

「猜對了！小凱喜歡席托隆星人！」

這個小朋友在幹麼？我直盯著小男生看，他接著說：

「第二題，這是什麼動作？」小凱握住拳頭，雙手在胸前交叉。

我一陣不高興：「是超人巴克斯的變身動作吧？」

「嘟嚕嚕嚕嚕，猜對了！第三題……」

這時，座位後方伸來一隻白皙纖細的手，輕拍了小凱的腦袋一下：

「不可以喔，不要吵不認識的哥哥玩超人猜謎。」

回頭一看，那名清瘦的婦人向我行禮：「對不起啊，這孩子只要看到好像知道巴克斯的大哥哥，就會拉著人家要玩猜謎。」

小凱被揪住後衣領，強制拖到後方座位去了。他摸著後腦袋，依然笑容滿面。只是，他臉上白色的眼罩有點怵目驚心。

公車抵達終點站東城大學醫學院附屬醫院後，小凱被母親牽著手，走向白色醫院大樓隔壁的建築物。他一邊回頭，一邊向我揮手，那邊有一座形狀很像橘色雪酪的建築物。

記得桃倉先生買的這個月《Dondoko》，裡面有附贈席托隆星人的貼紙。我忽然想到：「下次遇到，就送給小凱吧。」

抵達紅磚建築後，我直接前往教授室。因為星期六回家的時候，藤田教授交代我要這麼做。今天的我不是穿牛仔褲，而是休閒衫配直筒褲，外面罩一件西裝外套，符合山咲阿姨和藤田教授說的「像樣打扮」，總覺得怪害羞的。

我敲了敲教授室的門，裡面傳出懶散的回應。進房間一看，藤田教授站在散亂著印刷紙張的桌子前，一臉茫然。接著他看到我，喃喃道「啊，曾根崎同學啊」，虛弱地笑了。

「怎麼了嗎？」我問，藤田教授搖了搖頭：「不，沒事。」

然後他看到我的服裝，笑道：「噢，第一次看你穿得這麼像話。」

我再次認識到，原來他覺得我平常的牛仔褲穿扮「很不像話」。

「記者會幾點開始？」我問。

藤田教授抬頭，直直地看著我。接著他試圖隱藏不小心流露出來的不悅，笑著說：「抱歉，這次採訪取消了。我連絡了電視台，但對方的反應意外地冷淡，說等論文刊出以後再來採訪。」

我心裡感到落空，但同時也鬆了一口氣。這下子，我就不必為沒有背誦英文論文找藉口；也不會像上次接受採訪那樣，因為開心而得意忘形，說了不該說的話。佐佐木學長嚴厲要求我「話越少越好」，這下也沒問題了。但事實上，我還是難免有些失望。我深刻地反省：「我這傢伙骨子裡就是個輕浮的人呢。」

藤田教授見我這反應，誤以為我大失所望，開朗地說：「別那麼失望，不是不採訪了，只是說等論文登上期刊，報導會比較有看頭。」我點點頭。

接著我想起重要的承諾，問藤田教授說：「論文已經拿去報名了嗎？」

藤田教授把手上的紙遞過來：「還沒寄出，我想了一個晚上，覺得《自然》可能還是太難，決定投稿《自然醫學》（*Nature Medicine*）電子版。網路投稿的話，點一下就搞定了。其實我正在等你，想和你一起寄出呢。」

藤田教授微笑著說。這話接得有些不自然，我覺得怪怪的。

可是不該懷疑別人的好意，而且藤田教授這番話，剛好讓我順水推舟，提出想說的要求。

「說到這個，我有個請求。那篇論文上面有很多人的名字對吧？有很多我不認識的人。」

「這怎麼了嗎？」

「其實我想要把我同學三田村的名字也放上去。」

藤田教授一臉不解地看我：「為什麼要放你同學的名字？」

突然被這麼直接地反問，我一時也說不出話來。教授的問題理所當然，因為我完全沒有把我和三田村的關係告訴過他，我只好結結巴巴地勉強解釋：

「其實他幫了我很多忙，然後他也非常了解醫學。」

藤田教授打斷我的話：「不管再怎麼優秀，和實驗無關的人，名字不能列在上面。」口氣感覺很傲慢，我忍不住反駁：「既然這樣，為什麼上面有我不認識

的人的名字？而且也沒有佐佐木學長的名字。」

「你有時候會說些莫名其妙的話呢，這上面的名字，都是以前關照過我的人。論文要登上《自然醫學》的話，讓他們一起列名，也算是回報他們的照顧。」

「那樣的話，我也想要回報我同學。」

藤田教授的表情冷了下來：「憑什麼要用我的論文讓你去報恩？」

「因為這是我的論文。」

藤田教授目瞪口呆：「你的論文？」

藤田教授直瞪著我的臉，幾乎要看出洞來，眼神冷若冰霜。

藤田教授想要表達什麼，我再清楚不過，這篇論文根本不是我寫的。

雖然要用我的名字報名，但這不是我的論文。想到這裡，我內心覺得奇怪：「既然這樣，為什麼藤田教授要用我的名字報名呢？」同時也醒悟到繼續爭下去，也不可能讓藤田教授把三田村的名字放進論文的。不管我再怎麼大力遊說，我的願望都不可能打動藤田教授。

藤田教授招手把我叫到辦公桌那裡：「過來這裡，我們一起把這篇 rapid report 寄出去。」我聽話走到辦公桌另一邊。教授的電腦螢幕出現一個英文版的軟體視窗，藤田教授抓住我的手，我們一起把手指放在鍵盤輸入鍵上。

「要寄出囉。Ready……go！」隨著藤田教授有點蠢的喊聲，我按下輸入鍵。瞬間，電腦的動作停止了。下一秒，視窗發出響亮的「咚！」一聲消失，螢幕就像一朵烏雲般，化成了殘影。

我正要前往實驗室，結果被拖進休息室了。又是超級高中醫學生佐佐木，他的右眼射出寒光。「怎麼了？你看起來一臉蒼白。」

我的緊張瞬間解除，潰堤的情緒化成話語衝口而出：「為什麼我朋友三田村的名字不能一起放上論文？三田村教了我很多東西。藤田教授明明自己把無關的朋友名字放上去，真正幫忙我的三田村卻不能列名，這太奸詐了。」

我簡短地說明剛才發生的論文掛名事件。佐佐木學長定定地盯著我看，立領

制服的金鈕釦反光了一下。

「你這傢伙真的有夠離譜，沒常識也要有個限度。」

「可是，為什麼要把完全不認識的人放上去？」我一邊回嘴，同時腦中閃過三田村落寞的神情。

佐佐木學長說：「大人的世界就是這樣的，藤田教授在寫論文的時候，放上熟人的名字；這樣一來，那些人也會在自己的論文放上藤田教授的名字，這就是以易以物。」

「這樣做有什麼好處？」聽到我純真的疑問，佐佐木學長聳了聳肩：「可以提升在學會和大學的地位。」

「地位提升可以怎麼樣？」

「發言權會變大，也可以拿到很多經費。如此一來，想做什麼研究都可以放手去做了。」

我一臉不解地看著佐佐木學長，忽然想到一件事，脫口說：「對了，我的論文也沒有學長的名字，這是為什麼？」

「這樣啊，沒有我的名字嗎？唔，沒辦法。」

「可是在這裡，除了桃倉先生，學長不是最拚命做實驗的人嗎？」

佐佐木學長嚴肅地說：

「因為我不聽藤田教授的話，遇到不能接受的事，我都會跟他辯論到底，他應該很不滿意我這種態度吧。」

我感到憤怒，比起那些只掛名的人，佐佐木學長才是更應該重視的成員啊！然而卻只用個人好惡或得失來決定要不要掛名，根本是瘋了。

我冷不防想到：這就是所謂「封閉的世界」嗎？想起了爸爸的話：「**封閉的世界一定要開窗，否則絕對會腐敗**。」

「佐佐木學長，你不生氣嗎？」

「我只要能研究出眼癌的治療方法，其他的都無所謂。」佐佐木學長如此回答，並拍了拍我的肩膀：「總有一天，你會慶幸今天的記者會流會了。」

我無法理解佐佐木學長的話和態度。

「反正投了結果八成也不會上，不過這是你第一次投稿論文，很了不起，恭喜你。去向桃倉先生報告一聲吧，他在地下的實驗室。」

我點點頭，跑出房間。

在地下實驗室進行重現實驗的桃倉先生看到我，停下做實驗的手。

「Rapid report 寄出去了嗎？藤田教授一直在等你。」

「剛剛寄出去了。」

「藤田教授就是那麼性急，傷腦筋，真希望他再等個兩天。」

桃倉先生的表情沉了下來。可能是一口氣發生了太多事，我情緒不穩，頂撞桃倉先生說：「連你都要挑剔我的實驗嗎？那明明是可以報名《自然》的超級大發現，為什麼每個人都不肯替我高興？」

桃倉先生驚訝地看向我，接著說：「恭喜你，如果獲得刊出，你就是我們這間教室裡學術成績最傑出的研究人員了。比我還要厲害，因為我還沒有半篇論文登上期刊。」桃倉低下頭，盯著手看。

這間教室裡學術成績最傑出的人？比桃倉先生還要厲害的研究人員？這真的是我想要的嗎？

桃倉先生正色道：「但在那之前，有個無論如何都必須克服的重要步驟，那就是我現在正在做的『重現實驗』。藤田教授和你都跳過這個步驟，就把論文投出去了，我打從心底祈禱你的發現是真的。」桃倉先生落寞地說。

這話雖然有著他一貫的溫柔，卻讓人覺得背後有種冷漠的感覺，我忍不住把目光從桃倉先生臉上移開了。

桃倉先生說我今天臨時過來，半吊子地幫忙已經做到一半的實驗，只是徒增他的困擾，就把我趕回去了。我無精打采地前往公車站，早上天氣晴朗，現在卻烏雲密布，感覺隨時都會下雨。

站牌有兩個人在等車，其中一個是年輕婦人。婦人向我點點頭，我也跟著回禮，納悶著她是誰？那張清瘦的臉好像有印象又沒印象，感覺很怪。

「往櫻宮車庫」的紅色公車來了，我們三人依序上車。我坐在最後排，望著開始行駛的車窗外。公車單調地晃動，讓我不知不覺地昏昏欲睡，耳朵彷彿聽見超人巴克斯的主題曲。

我驚醒過來，婦人正要下公車。婦人和我對望，她再次笑著微微向我點頭，這次我也禮貌地點頭。想起來了！她是今天早上在公車找我說話的孩子——小凱的母親。

在繼續行駛的公車裡，我明白了為何我會想不起來她是誰，因為她沒有帶著小凱。戴著白色眼罩的小凱跑去哪裡了？隨著公車的搖晃，我再次打起盹來，不知不覺間，這個疑問也被拋在後車座了。

∞

「櫻宮十字路」的到站廣播把我叫醒了。為了回家，我得在這裡換車。等了一會兒，往櫻宮水族館的藍色公車來了，我跳上車子。原本我打算直接回家，卻臨時改變主意，決定去學校露個臉好了。今天竟然這麼乖，真的一點都不像我啊。

藍色公車開過家門前的站牌，前往櫻宮中學。我在「櫻宮中學站」下了車。越接近放學後的教室，我的心情就越沉重。因為沒臉見三田村，我開始不想去了。我告訴自己：「現在這個時間，三田村應該會直接趕去補習吧。」沒想到偏不走運，竟在玄關和正要回家的三田村碰上了。

越不想遇到，就一定會遇到，這個墨菲定律實在是真理，雖然我也記不清楚這是否真的是墨菲定律之一。

三田村一看到我，立刻歡呼著跑過來。以運動會總是跑最後一名的三田村來說，這速度令人嘖嘖稱奇，我忍不住心頭一酸。

「曾根崎，我的名字放上去了嗎？」三田村上氣不接下氣，眼睛閃閃發亮，直盯著我看。

我別開目光：「那篇論文好像不怎麼樣，所以沒有投《自然》，改投《自然醫學》了。」

三田村想了一下，隨即恢復笑容：「或許是沒有《自然》那麼高檔，但還是很厲害啊！」

「可是之前明明說是諾貝爾獎級，感覺等級一落千丈，那果然不是什麼了不起的論文吧。」

「沒這回事，本來就不可能一開始就上《自然》嘛。你完全不了解醫學界，所以才會這麼想而已。」

我難過得都快掉眼淚了，就算是三田村，看到我這副閃爍其詞、表情陰沉的樣子，也忍不住訝異地問：「出了什麼事嗎？」

我低下頭，小小聲地說：「……其實，你的名字沒辦法放上去。」

「咦？」三田村不說話了，一陣風吹過我們之間。

很快地，三田村有氣無力地說：「這、樣啊……沒辦法是吧。」

「對不起，三田村。」我向他行禮。

三田村低著頭說：「沒辦法的事，畢竟超級國中醫學生是你，我只是個完全無關的路人國中生。」

「不要那樣講啦，沒有你幫我，我怎麼可能走到這一步？」

三田村猛地抬頭，恨恨地說：「如果你真的這麼想，至少會想辦法把我的名字放上去吧？我這麼拚命幫你，卻連讓我掛個名都不肯，太過分了！」

我自以為安慰的言詞，卻形同在三田村受傷的心上灑鹽，我為什麼老是弄巧成拙？

三田村沉聲接著說：「每個人都只顧自己好，人總是自私的。」

我一陣惱怒，忍不住反駁：「我也是拚了命在求藤田教授啊，也不必因為沒成功就這樣怪我吧？」

「你不會懂的，你不會懂我是多麼、多麼……」

三田村看了我一眼，掉過頭去：「……算了。」

我看著三田村遠離的背影，呆在原地。水滴落在臉頰上。灰色的天空開始灑下雨水。

4月25日(一)

藤田教授說：

「頭銜越響亮，

內在越空洞。」

《自然》狂熱（正確地說，是《自然醫學》狂熱）一直到兩個星期後，才終於告一段落。

四月二十五日，星期一。

桃倉先生和我在地下實驗室做實驗，論文投出去以後，我和桃倉先生之間一直颳著一股冷風。我總覺得心情鬱悶，不再請桃倉先生當我的實驗室家教，桃倉先生也不跟我說笑了。

沉重的空氣當中，藤田教授的祕書宇月小姐現身了。宇月小姐瞄了一眼彎腰駝背對著實驗桌的桃倉先生，對我說：「曾根崎同學，藤田教授找你。」

我和宇月小姐一起搭上電梯。電梯燈滅了一下，微小的黑暗讓我一陣心驚。這麼說來，這是我第一次和宇月小姐單獨搭這部電梯。宇月小姐的眼睛盯著不斷上升的電梯燈號，看到她從容的樣子，我心想：她真是個成熟的人。

電梯比平常更緩慢地前往三樓，敲了敲教授室的門，裡面傳出低沉的回應。開門之後，我看見藤田教授坐的黑色椅背。

「我把曾根崎同學叫來了。」宇月小姐說，藤田教授回過頭來。他的表情似乎有些空洞，和二年B班的小霸王痞子沼即將破電玩紀錄卻功敗垂成時的表情一模一樣。

藤田教授沉痛地說：「很遺憾，《自然醫學》不接受我們的稿子。」

「這樣啊。」我也有些沮喪。沒能登上《自然醫學》很令人遺憾，但這下對三田村感到虧欠的心情也減輕了一些，我鬆了一口氣。這能讓三田村氣消嗎？

「這明明是世紀大發現，為什麼沒有上呢？」我提出問題。

藤田教授環抱起手臂，表情苦澀，憤恨地說：「對方認為假說太跳躍了，還指出沒有重現實驗的佐證。」

藤田教授的話我不是很懂，我一方面希望他講得更淺白一點，同時也聽出了「沒有重現實驗的佐證」，這是什麼意思——不就是桃倉先生當時提出的擔憂嗎？

可是藤田教授的口中說出來的，卻是完全相反的內容：「要是鼴鼠那小子照著我的指示進行重現實驗的話，就不會這樣了……」咦？等等，先生，這話是不

是顛倒是非？

我忍不住盯著藤田教授的臉看，但他沒注意到我的眼神，嘀嘀咕咕地繼續說：「我怎麼會這麼倒楣？要是部下再優秀一點，我現在早就是大日本醫學會評議委員了。真羨慕草加教授，有赤木那樣的下屬。」

這時我打了個噴嚏，似乎讓藤田教授想起了我的存在，他閉上了嘴巴。接著他忽然說：「既然《自然醫學》不行，就換下一家吧。」

「什麼叫下一家？」

「投稿別的雜誌。」

「咦？可以這樣嗎？」

「當然可以啊。」

那怎麼不早說嘛，先生。我還以為就跟漫畫雜誌《Dondoko》的抽獎一樣，只能參加一次，落空就沒了。

我笑嘻嘻地問：「下次要報名哪裡？《科學》嗎？」

藤田教授抬頭，露出有些佩服的表情：「你好像也對學術世界有一點認識了，確實，《自然》沒上的話，接著選擇《科學》是王道。不過這次我重視速度，所以下次投稿，我打算大大降低等級。」

「咦？雜誌也有分厲害和不厲害的嗎？」

「醫學雜誌就像大相撲那樣，也是有排名的。《自然》和《科學》是並列世界第一的期刊雙雄，相當於相撲的『橫綱』。不過我們的論文被認定還不到橫綱等級的發現，所以這次我要大幅向下修正，尋找大概相撲『十兩』等級的期刊，以務必能刊出為目標。」

從橫綱淪落到十兩，這暴跌得也太嚴重了。我這麼想著，不禁提出單純的疑問：「雜誌的排行是誰決定，又是怎麼決定的？」

就連對醫學不感興趣的我，也覺得這個排行好像很有趣，好奇不已。因為我忽然想到，難道有像「甲蟲王者」一樣的卡片遊戲機，讓論文互打來決定排名？那樣的話，我也想參加看看。

藤田教授沒有察覺我的心思，乾脆地回答：「是大家決定的。」

「是淘汰賽嗎？」

「怎麼可能？是依據 impact factor 這個值的大小來決定的。」

Impact factor？就連英文爛到家的我，都能聽出這個詞厲害的語感。好棒的單字，聽起來就能激發鬥爭本能。

「那，所謂的學會，就是大家一起決鬥，決定這個 Impact factor 的競賽大會囉？」在一旁聽我們說話的宇月小姐輕笑出來。宇月小姐總是像影子般無聲無息，難得會笑場。

藤田教授也跟著呵呵一笑：「如果真的可以大打一場，真不知道該有多好。沒錯，要是能和審稿人直接對決，就可以把他們的愚蠢、無法理解我的研究重要性的愚鈍，全部攤開在陽光底下……」

可能是被決鬥這個詞給影響，藤田教授的話聽起來就像《超人巴克斯》裡面的壞人角色——席托隆星人的獨白。

「論文寫作是引用前人的研究結果，累積新的科學結果的程序，被其他論文引用的次數，就是Impact factor——影響指數。這個數字越高，就證明了一篇論文越重要，才會被許多人引用。」

「就像怪獸的人氣投票呢。」

藤田教授目不轉睛地看著我：「你怎樣就是沒辦法脫離幼稚的漫畫世界嗎？你是超級無敵國中醫學研究大師，要對自己的身分更有自覺，否則就麻煩了。」

我再次確認藤田教授徹底瞧不起《超人巴克斯》和漫畫雜誌《Dondoko》，只好改變話題說：「那，這次要報名哪一家？」

「不是『報名』，是『投稿』，你也該記住一些學術用語了。」

「對不起。」我縮了縮脖子。之前藤田教授一直沒有糾正我，但剛才的對話好像讓他聯想到報名漫畫雜誌抽獎，有了不好的印象。

藤田教授嘆了一口氣：「唔，算了。下次要報名的是《Magnificent Medical Eye》（壯麗醫學之眼）期刊。」

教授突然用了「報名」兩個字，我困惑起來：「那本雜誌是用報名的嗎？」

藤田教授發現自己的口誤，苦笑說：「可能是覺得哪個詞都無所謂了，結果被你傳染了。」

「《馬格泥鰍森 Magical Eye》？聽起來很厲害耶。」我覺得新奇。

藤田教授臭著臉交抱起手臂：「聽仔細，名字完全不對，是《Magnificent Medical Eye》。『Magnificent』是形容詞，『壯麗』、『偉大』的意思。我是在英文版的《小王子》第一次看到這個單字，充滿了回憶。後面也完全不對，你說的《Magical Eye》是在全世界熱銷、標榜能恢復視力的3D圖畫書。」

「簡而言之，是非常厲害的雜誌呢。」

「雜誌名稱是很響亮沒錯，不過，超級無敵國中醫學生曾根崎同學，我來告訴你一件重要的事。不管是雜誌還是公司，名字越響亮，很多時候內容都越空洞。」

「所以它是比《自然》的戰鬥分數還要低的雜誌嗎？」

我失望地問，藤田教授冷冷地說：「拜託，不要拿它跟《自然》相提並論。

《自然》的影響指數是三〇，《醫學之眼》只有〇．五。」

「可是，就連《自然》也只有三〇，沒差多少吧？」

從藤田教授先前的口氣，我原本還以為《自然》有一百萬左右，然後《醫學之眼》頂多只有二。

聽我這麼說，結果藤田教授苦笑：「順便告訴你一件事，要是論文登上《自然》，就會成為學會的風雲人物，在大學也會引來眾人尊敬的眼光。但如果登上《醫學之眼》，你猜會有什麼結果？反而會引來眾人嘲笑。」

「既然會被笑，幹麼去報名？」

「曾根崎同學，你也真是笨呢。我也不想報名啊，但是《醫學之眼》再怎麼不濟，好歹也是有影響指數的英文期刊。要唬過那些愚笨的文科省官員，登上《醫學之眼》就夠了。但是對我來說，這仍然是個艱難的選擇啊。」

藤田教授看著我的臉，再說了一次：「你好像都習慣把重要的話抄寫下來，那你最好把我說的『頭銜越響亮，內在越空洞』這句話抄在筆記本裡。既然你是超級無敵國中醫學研究大師曾根崎同學，應該很能體會這句話的意思才對。」

藤田教授露出冷冷的微笑，我覺得不舒服起來，這種話我絕對不想寫下來。藤田教授喃喃道：「總之媒體也在引頸等待結果，那本來是我連投稿都不屑的垃圾雜誌，但現在也由不得我挑三撿四了。再說，《醫學之眼》這種程度的雜誌，應該也不會囉嗦要什麼重現實驗的結果吧。」

失魂落魄的我，無精打采地回到地下室。電梯那一瞬間的黑暗，就像拼圖的最後一塊，嚴密合縫地嵌進心裡，再也拿不掉了。

藤田教授如凍原雪暴般的話，把我的心徹底凍結了。我有點渴望桃倉先生雖然含糊不清，但一聽就知道是真心在關心我、宛如暖爐火焰般溫暖的話語。

地下實驗室裡沒有人，燈火通明，卻空空蕩蕩，只有PCR的機器發出嗡嗡呻吟。發現桃倉先生不在，我大為沮喪。

這時門打開，穿著立領制服的超級高中醫學生佐佐木進來了。佐佐木學長瞥了我一眼，檢查PCR的螢幕，接著對杵在原地的我說：

「怎麼了？媒體採訪延期，讓你很失望嗎？」

我搖了搖頭，接著低聲喃喃：「我的論文好像要拿去報名《馬格泥鰍森》。」

「馬格泥鰍森？」

佐佐木學長一臉奇異，接著轉為驚訝：「難道是《醫學之眼》？」

「對對對，叫這個名字，什麼Magical Eye的。」

我點點頭，佐佐木學長呆掉說：「投《自然》我是覺得太自我膨脹了，可是一下子掉到《醫學之眼》也太扯了。藤田教授是太急於對媒體表現，病急亂投醫了嗎？對了，這件事你還沒告訴鼴鼠吧？」我點點頭。

「那你先跟鼴鼠報告，這件事非常重要。他是你的指導老師，同時也是共同作者，這些禮數絕對不能疏忽。」

我點頭表示明白，並進一步追問：「桃倉先生在哪裡？」

佐佐木學長盯著我，思考片刻。接著說：「我不曉得你受不受得了，不過還

是應該去一趟吧。」

說完後，佐佐木學長喃喃道：「萬一昏倒了再說，我會善後。」

總覺得要被帶去什麼不得了的地方，我哆嗦起來，不過還是比不上在藤田教授面前感受到的不安。

∞

超級高中醫學生佐佐木前往地下一樓走廊的反方向，在一扇門前停步。我在腦中整理地圖，剛才的實驗室，相當於三樓我們的「綜合解剖教室」的正下方，佐佐木學長現在停下來的房間位在正方形建築物的對角線上，也就是我之前不小心走錯的「神經什麼的解剖教室」的正下方。

佐佐木學長在門前回頭叮嚀我：「如果覺得不舒服，不要勉強。」

我嚥下口水點點頭，佐佐木學長打開門。

房間很明亮，十分寬敞。可是首先感覺到的，卻是一股刺鼻的濃烈臭味。明明是快把人嗆到流眼淚的刺激臭味，卻帶有一絲甜味。

習慣臭味後，我環顧房間。房間裡有許多穿白袍的人，幾個人一組，圍在銀色的台子周圍。這樣的台子總共有三十來張，幾名老師交叉抱著手臂，在台子之間穿梭踱步。

我在其中發現桃倉先生、赤木先生還有白鬍鬚的草加教授，鬆了一口氣，但也只有一下子而已。我看清台子上放的東西是什麼，頓時僵在了原地。

銀色台子上放的，是乾燥而變成褐色的屍體、屍體，以及又一具屍體。

意識忽然一陣模糊，但是我沒有像之前看到眼球時那樣昏過去。拉住我即將斷裂的意識的，是桃倉先生投向我的視線。

桃倉先生慢慢地走了過來。「曾根崎同學，你怎麼會跑來這裡？怎麼了嗎？」

我撐住幾乎要昏過去的意識，露出靦腆的笑容：「桃倉先生在這裡做什麼？」

桃倉先生壓低了聲音說：「解剖實習課，這是每個醫學生都一定要上的重要課程。」

我重新環顧寬敞明亮的房間，仔細一看，屍體的肚子被剖開，看起來乾巴巴的內臟散落台上。

桃倉先生一臉擔心地說：「還好嗎？你的臉色很糟。」他把我帶出房間，離開房間後，我總算喘了一口氣。

看到我和佐佐木學長一起出現，桃倉先生有點納悶：「連佐佐木同學都在，怎麼了？」

我瞄了佐佐木學長一眼，他點了點頭，於是我開始說明：

「之前的論文，《自然》那裡好像不行。」

「是《自然醫學》吧？」桃倉先生立刻糾正我。

「然後我剛才去藤田教授的辦公室，他說要改成報名《馬格泥鰍森》。」

桃倉先生愣住，看向佐佐木，要求說明。

「是《壯麗醫學之眼》。」佐佐木補充。

「什麼？……這太荒唐了。」桃倉先生面色蒼白。

這時背後傳來笑聲，回頭一看，是那個「神經什麼的解剖教室」裡的頂尖人物赤木先生正在大笑。赤木先生用力拍打桃倉先生的肩膀：

「我可沒偷聽，是你們的聲音自己傳過來的。我聽說你們那個沉不住氣的教授四處吹噓論文投稿《自然醫學》了，本來想忠告他一下，在投稿被錄用前最好別那麼高調，看來是來不及了。話說回來，藤田教授也真是拿得起放得下，切換速度天下第一。居然從《自然醫學》一口氣降到《醫學之眼》，真是常人模仿不來的大膽決定。我身為神經控制解剖學教室的一員，真想看看藤田教授的腦袋到底是什麼構造。話說回來，我聽說那份論文連重現實驗都沒做就直接投出去了，是真的嗎？」

赤木先生有如機關槍掃射般的一席話，把桃倉先生射得連頭都抬不起來了。

「喂，真的假的啦？我看這下你也走投無路了。你們兩個小朋友要小心點，往後還有一堆苦頭吃呢。」

連倔強的佐佐木學長都低頭不語，我理解到赤木先生這話是一針見血。我心中的不安像烏雲般，猛烈地席捲而來。

我和桃倉先生還有佐佐木學長三個人一起回到實驗室，PCR機器依舊嗡嗡作響。我們三人分頭坐了下來，桃倉先生用指頭摳著口袋裡的試管。一會兒後，佐佐木學長率先發難：「若是降到《醫學之眼》這種等級，論文或許會通過。」

「是啊，真傷腦筋。不過，我本來就覺得《自然醫學》不可能，這下反而安心了。」

我膽戰心驚地插話：「我聽了藤田教授的說明，也知道那不是很好的雜誌，可是教授說至少它還有影響指數。」

「沒錯，但也因為這樣，反而棘手。」桃倉先生聳了聳肩。

「為什麼？論文登上雜誌，不是很厲害嗎？」

「曾根崎同學，你做出來的實驗結果，還沒有得到印證。後來我做了三次重現實驗，卻怎麼樣都無法再次驗出那個序列。」

佐佐木學長好像看出了我的疑問，解釋說：「桃倉先生是在擔心，你做出來的結果可能是技術性錯誤。」

錯誤？什麼錯誤？眼前的白色地板陡然扭曲起來。

一會兒後，我開口說：「我……我只是照著指示做實驗而已，那個實驗不是我跟桃倉先生一起做的嗎？」

「嗯，我們一起做的，所以我也是同罪。」

「同罪？我又沒做壞事。」

「對，你沒有錯，錯的是不等重現實驗結果出來就急著投稿的藤田教授。」

桃倉先生難得斬釘截鐵地說。這時，門外傳來嚴厲的聲音：

「齁？齁？不聽從指導，因為技術不夠而無法做出結果，就把錯誤賴到教授頭上，你什麼時候變得那麼了不起啦？」

桃倉先生頓時臉色鐵青。門打開來，藤田教授現身了。

「桃倉，我明白你的想法了。我問你，曾經驗出過一次的序列，卻沒辦法再次驗出來，有哪些可能性？」

桃倉先生低著頭，小小聲地說：「有必要排除偽陽性的可能性。」

「喲？喲？那我再問你，假設那是偽陽性，做出偽陽性結果的實驗負責人是誰？」

「是我。」桃倉先生小聲回答。

「喲？喲？也就是說，你是在說自己指導出來的實驗結果是錯的？如果是錯的，怎麼會發生這種錯誤？」

「既然無法在重現實驗中得到相同的結果，有可能是汙染。」

「喔，是喔？那麼我問你，重現實驗做了幾次？」

「三次。」

「才三次嗎？」藤田教授以黏膩的眼神盯著桃倉先生。

下一秒，藤田教授突然大聲怒斥：「三次做不出結果，不會做四次、五次嗎！

總之你給我繼續做下去！在得到曾根崎帶這個劃時代的序列結果之前，不管多少次都給我做下去！」

「可是，剩下的檢體量只夠再做兩次ＰＣＲ。」

藤田教授臉上的表情頓時變得苦澀：「那就只能把握剩下的兩次做出結果了，如果你無法做出結果，那就拜託做出驚人發現的超級無敵國中醫學研究大師親自來做。」

藤田教授把視線轉向了我：「曾根崎同學，這本來就是你的論文，應該由你來做重現實驗才對。」

這時，我想起了我在最喜歡的生物節目《太厲害了！達爾文》看過的某一幕。藤田教授的動作，很像眼鏡蛇威嚇敵人時的樣子。

桃倉先生將上身往前探，像是在庇護我：「藤田教授，實驗由我來做，我一定會在剩下的兩次裡面做出結果。」

藤田教授滿意地點點頭：「交給你了，不過實驗不用急，反正是要投到《醫

學之眼》。就算重現實驗無法印證結果，也不會被挑毛病吧，畢竟那份期刊的影響指數只有〇・五。」

藤田教授一邊走出房間，一邊開朗地說：「只剩下兩次的量嗎？桃倉，你有膽量把那份檢體全部用完嗎？你明白要是剩下的兩次都失敗，會有什麼後果吧？如果是我，會怎麼做呢？」

關上的門外傳來藤田教授模糊的聲音：「嗯，如果是我，就會當作已經做了實驗，然後向上司報告『得到了相同的結果』。畢竟驗出過一次的序列，沒道理驗不出第二次嘛。」

聽到藤田教授的話，佐佐木學長的右眼冷冷地閃了一下。留在房間的桃倉先生、佐佐木學長還有我陷入了沉默，在我們三人各懷心事的沉默當中，只有藤田教授的大笑聲逐漸遠離。

7月19日（二）

爸爸說：

「惡意和無能無法區分，

也不必區分。」

六月。

黃金週連假結束，直到暑假前夕的七月第三個星期一「海之日」之前，都沒有國定假日。學期中的這個階段有如沙漠般難熬，而我就像四處徬徨尋找綠洲的蠶蜥。

停止做實驗的桃倉先生看起來仍然很忙碌，我猜想他應該是在忙著解剖實習的指導。確實，解剖實習似乎是很麻煩的重要工作。由於實驗停擺，我無事可做，只好跑去偷看解剖實習。知道我身分的老師們，也默許我在解剖室晃來晃去，這也讓我漸漸習慣屍體了。冷靜觀察後發現，這裡進行的是屍體的分解工作。隔一段時間進去看，就會發現台上的屍體被慢慢地切割成各個部位。

醫學是處理人體的學問，所以有必要記住零件的拆解方式，以及身體的設計圖。當我懷著這樣的想法進行觀察時，發現有些屍體被切割得非常細心，也有些台上的屍體，連國中生的我看了都搖頭，因為肢解得粗枝大葉。

由此可知，即使是醫學生，也不全是美智子那樣的優秀學生，也有像我或痞子沼這樣的人，一方面鬆了一口氣，一方面卻也有些不安。我想要把這個發現告訴三田村，不過可惜的是，我現在和三田村鬧翻了，不曉得之後會不會有機會告訴他。

桃倉教導醫學生非常仔細，相對地，赤木先生就很隨便，經常不理學生的問題。赤木先生每次一看到我，就喜歡逗我來找樂子。

他會掛著嘲諷的笑容說：「聽說曾自然小朋友被尊稱為超級無敵跨媒體國中醫學研究大師？」赤木先生把「曾根崎」和「自然」組成「曾自然」一詞叫我，這是他特別中意的戲弄手法。

我不喜歡赤木先生，每次被他調侃，我都說不出話來，只能低頭。可是這種時候，桃倉先生都會伸出援手：「赤木，不要欺負國中生。」

赤木先生雖然強勢又霸道，可是文靜的桃倉先生一開口，他就會乖乖罷休，很奇妙。

∞

七月，蟬聲開始響起，暑假近在咫尺的期待逐漸升高，這天我又被赤木先生取笑，桃倉先生跟以往一樣，對我伸出援手。

可是這天的發展有些不同，門突然打開來，宇月小姐用手帕摀著嘴巴走進解剖實習室。「曾根崎同學，藤田教授找你。」

然後她笑咪咪地補充說：「聽說你的論文被雜誌錄取了。」

赤木先生在一旁聽到，拍手大聲說：「Congratulations！歡迎來到這個名為醫學的無底沼澤，這下『曾自然』同學也正式成為我的競爭對手了。」

聽到赤木先生這話，宇月小姐不知為何雙頰飛紅，匆匆離開實習室，我也連忙追上去。

我懷著沉重的心情，藏身在電梯一晃而過的黑暗中。宇月小姐身上飄來若有似無的甜香，讓我差點嗆到。黑暗中，我覺得宇月小姐好像偷笑了一下。

打開教授室的門，藤田教授笑容滿面地展開雙臂站在那裡。

「曾根崎同學，恭喜，你終於成為名符其實的超級無敵國中醫學生了。」

這話還沒說完，閃光燈就亮了起來，我的視野變得一片白茫茫。環顧一看，狹小的教室裡擠滿了攝影機、別著臂章的攝影師和電視台攝影小組人員，一片鬧哄哄。熟悉的甜美嗓音響起：

「好久不見了，曾根崎同學，之前謝謝你接受訪問。」

這女大生般嬌滴滴的聲音，是櫻花電視台的記者大姊姊。看到她旁邊的墨鏡大叔，我頓時緊張起來。

在大批記者圍繞中，我被要求坐在藤田教授的椅子上，接受洪水般的閃光燈照耀。我在大姊姊的指示下，一下子雙手環胸，一下子站起來。我被要求做出平常絕對不會擺的姿勢，例如勝利手勢，或交叉抱手臂，這些誇張的動作讓我忍不住害臊起來。

很快地，藤田教授遞過來一張紙。我接過那張紙，閃光燈再次亮起。

「曾根崎同學，請把登上期刊的論文對著這裡。」

聽到這話，我才發現手上的紙是論文。我重新看了一下封面，上面印刷著英文標題及作者名。之前上面有一大堆名字，但這次的論文只有我、桃倉先生和藤田教授三個人的名字，我感到有些失落。

雖然遇上出其不意的採訪，我驚慌失措，但這已經是第二次受訪了，我很快就恢復了鎮定。這次媒體的提問我也能聽懂，自己就能對答如流。

「曾根崎同學是日本第一位超級國中醫學生，在醫學院做研究，可是不到半年就交出了一篇英文論文，真是太厲害了。你每天都是怎麼做研究的？請告訴大家你的訣竅。」

我嚥了嚥口水說：「這不是我一個人做出來的結果，我只是依照桃倉老師和藤田教授的指導做實驗而已。」

「桃倉老師是誰？」記者姊姊天真無邪地問，藤田教授立刻補充：

「是我的下屬，他的指導老師。」

「做出這麼出色的成果，卻歸功於指導老師，真是太謙虛了。藤田教授稱讚曾根崎同學是個天才呢，對吧，藤田教授？」

藤田教授滿面春風地點點頭：「他就是個天才，他的指導老師都做了三年的實驗，卻連一篇論文都交不出來。然而曾根崎同學不到半年，就超越了十年資歷的醫生，這不叫天才，什麼才叫天才？」

藤田教授的話讓我傻眼，我超越了桃倉先生？簡直是胡說八道。

我正想開口反駁，卻被巨濤般的連番提問給沖散了：「天才國中醫學生平時的興趣是什麼？」「你的朋友怎麼說呢？」「天才醫學家會覺得國中的功課很無聊嗎？」「你是否打算就這樣成為醫生了呢？」「你想成為怎樣的醫生？」「你喜歡的食物是什麼？」「你喜歡哪個偶像？」「你有女朋友嗎？」「你住在哪裡？」「你早上都幾點起床？」「你父母怎麼會幫你取薰這個名字？」

洪水般的問題把我都問傻了。這時，語氣與現場格格不入的低沉嗓音響了起來：「你將來要怎麼把這份成果應用在醫療上？」

朝聲音的方向望去，是一名右手別著綠色臂章的白襯衫男子。

我正要回答，藤田教授卻先開了口：「這份結果無疑會為視網膜母細胞瘤的治療帶來長遠的貢獻。」

男子用手上的鉛筆摳著頭皮說：「我是在請教曾根崎同學，不是在問教授。」

但藤田教授並不打算理會白襯衫男子的提問，他趁機結束了聯合記者會。

「曾根崎同學必須投入最先進的研究，否則會是日本醫學界的重大損失。各位應該還有很多問題想問，不過我想今天的記者會就先到這裡吧。」

看見攝影機和記者們魚貫走出房間，我鬆了一口氣。因為當時我正想說出我最掛心的一件事，也就是重現實驗的結果還沒有出來。

事後回想，那是最後一次機會，然而我卻眼睜睜放過了它。

我一直覺得是因為藤田教授制止，害我錯失了機會。可是回想一下就知道，當時藤田教授並沒有制止我，是我自己選擇了「不說出」論文的缺陷。

我豎起耳朵偷聽藤田教授和墨鏡大叔的悄悄話。

「所以這次要在傍晚的……」

「……『日落』嗎？太棒了。」

「我也得回報一下教授嘛，否則都要被您拋棄囉。」

最後一句話我聽得一清二楚。墨鏡大叔瞥了我一眼，伸出右手：

「曾根崎同學，謝謝你配合採訪。新聞會在傍晚五點半的節目《超級日落》櫻宮版播出，要記得看喔。」

我回握他的手，心臟開始怦怦亂跳。要是知道我上了《超級日落》櫻宮版，一定會轟動全班。只不過今天我不會回去櫻宮中學，所以不能叫大家記得收看。

我鬆了一口氣，同時也覺得有一點點可惜，不然最起碼打電話通知一下美智子好了。這時，腦中也浮現三田村的身影，但我假裝不在意。

回家報告來龍去脈之後，山咲阿姨興沖沖地開始準備DVD錄影。

「小薰上新聞的風光模樣，要好好錄下來才行。」

「不要啦。」

「就算你不要，這件事也不能聽你的。」

我嘆了一口氣，往玄關走去，拿起走廊上的電話開始撥打。

「喂，進藤家。」美智子的聲音傳來。

一打就是美智子接聽，覺得很幸運。我小小聲地說：「那個啊，我報名的論文上了雜誌，今天中午有電視台來採訪，好像會在傍晚的《超級日落》節目播出。」

話筒另一頭傳來倒吸一口氣的聲音，下一秒，美智子歡呼般的聲音充斥了整個耳朵：「論文被錄用了嗎？好厲害！而且還上了電視？而且還是《超級日落》？好厲害，太厲害了！」

美智子毫不保留的讚賞教人怪不好意思的，可是也只有一下子而已。

美智子的下一句話，立刻把我推入了地獄深淵。「你也有通知三田村吧？」

我握著話筒，無法應話。

「薰，怎麼了？你還在嗎？」話筒彼端傳來擔心的聲音。

我回神說：「嗯，我在，我還沒告訴他。」

「你在幹麼啊？你應該第一個通知三田村吧？現在就打給他，他一定會很開心。對了，必須錄起來才行。抱歉，我要掛囉。媽媽，我要用DVD錄影喔！」

電話掛斷了，在空虛的嘟嘟聲中，烏雲開始陰沉地籠罩我的內心。

結果我沒有打電話給三田村，正確地說，是因為我沒辦法按下最後一個數字。三田村家的電話九九〇—一四八三，發音剛好和日文的「急救醫生」諧音，他對此感到驕傲。可是最後的三，今天我怎麼樣都按不下去。

我遷怒地低聲說：「三田村的爸爸是內科，又沒在急救，這號碼根本誤導嘛。」明明我自己也是靠諧音背起來這支號碼的，現在卻把它當藉口放下話筒。

客廳傳來山咲阿姨叫我的聲音，節目好像開始了。等我走過去，電視已經打開，音量也調到平常的兩倍大。山咲阿姨抱著靠墊坐在沙發上，眼睛緊盯著螢幕。輕快的主題曲旋律響起，主播笑容滿面地登場。

「接下來是我們最受歡迎的單元，『櫻宮超級明星列傳』的時間！」

我差點從椅子上摔下來。超、超級明星？

那熟悉的旋律，是《超人巴克斯》的主題曲。瞬間，我回想起之前在公車上遇到的小男生——戴眼罩的小凱。

「今天負責採訪的是梨里記者，請問梨里記者，這集的英雄是怎樣的人呢？」

螢幕中，那位大姊姊和藹可親地笑著：

「大家好，我是記者梨里！今天我們要向大家介紹的，是全日本第一位超級無敵國中醫學生曾根崎薰同學所達成的壯舉！」

我實在看不下去了，腦中浮現藤田教授陰森森的冷笑。

「是以前在採訪中帥氣回答的那位曾根崎同學，對嗎？」

等一下，之前只是午間新聞稍微報過而已吧？我有了不祥的預感，但螢幕中的節目才不管我怎麼想，逕自播出。

「那位曾根崎同學這次又有了什麼驚人的表現？」

「曾根崎同學真的太厲害了！他還是個國中生，卻已經跨出了通往諾貝爾醫學獎的第一步，完成了一篇傑出的論文！」

瞬間，貝多芬第五號交響曲《命運》響了起來。伴隨著高分貝的音量，我的英文論文特寫出現在畫面中，配上旁白：

「曾根崎薰，十四歲。他在全國統一潛能測驗中拿到了榜首的成績，以文部科學省獎助生的身分，一邊就讀櫻宮國中，一邊在東城大學醫學院綜合解剖教室做研究，是一位超級無敵國中醫學研究大師。」

畫面插入我的側臉特寫，手撐下巴的姿勢，彷彿自以為是哲學家……我什麼時候被拍了這種照片？

「他的偉業之一，就是在短短一個月內，以驚異的速度完成了論文，並且登上頂尖醫學期刊《壯麗醫學之眼》。」

頂尖期刊？驚異的速度？這根本不是事實。《壯麗醫學之眼》乏人問津，所以沒什麼人投稿，只要有人投就會上而已。

螢幕中出現笑容滿面的藤田教授：「曾根崎同學的潛能讓我們驚奇連連，他一個晚上就讀完了五十本一般醫生得花上半年才能讀完的學術書籍，他的金頭腦令人敬畏。」

等一下，先生——這個描述是不是誇張了兩倍？我焦急到不行，但一旁的山咲阿姨始終帶著慈祥的笑容觀看著螢幕。

藤田教授拿起一本書：「不過曾根崎同學雖然是個天才，卻也有著符合國中生年齡的一面。除了專門的醫學書籍，他也會讀這樣的雜誌。」

藤田教授手中拿的，是之前他扔進垃圾桶裡的月刊漫畫雜誌《Dondoko》。教授可能不知道，《Dondoko》是給小學低年級生看的雜誌耶……居然在全國電視頻道上公開那是我最愛看的書，太過分了……

我猛然回神，告訴自己——薰，不用擔心，這節目只會在櫻宮市播出。

我稍微鬆了口氣，但狀況絲毫沒有好轉。因為對國中生的我來說，櫻宮這個小地方就形同全世界，跟在全國播出沒有兩樣。

啊！這下我一直隱藏的祕密都被揭開了。嗚嗚，糟了。不過這還只是開始而已，看到接下來的訪問，我嚇得血色盡失。螢幕中，我和嗲聲嗲氣的梨里姊姊開始一問一答。

「曾根崎同學，恭喜你的論文上了期刊，你有想到你的論文這麼快就會被期刊錄用嗎？」

「是的。」

電視中的我滿臉自信地點點頭。這次我真的要從椅子跌下來了。

「聽說你針對眼癌下了相當深的功夫研究，徹底掌握了這種疾病，那麼你往後也會繼續寫出許多論文嗎？」

「那當然了。」

攝影棚主播的大姊姊對嬌滴滴的梨里姊姊說：

「真是自信過人，不愧是『超級無敵國中醫學生』。」

「不對喲，人家是『超級無敵國中醫學研究大師』。」嬌滴滴的梨里姊姊訂正主播說的話。

在一旁看電視的山咲阿姨半是尊敬，半是疑惑地看向我。我對老天爺發誓，我真的沒有被問到這種問題。就算真的被問到這個問題，我也不可能這麼自信十足地回答。這到底是怎麼回事？我茫茫然地盯著電視。

隨著熱血的《超人巴克斯》主題曲響起，櫻宮超級英雄列傳單元結束了。悵然若失的我大夢初醒，問山咲阿姨：「對了，妳說妳有幫我錄下我之前上的新聞？」

山咲阿姨微笑：「當然有啦，看到新聞，你就知道阿姨說的是對的。那個時候我不是叫你穿正式一點嗎？」

我沒理山咲阿姨這話，急忙找出以前的錄影光碟，播放上次午間新聞的影像。新聞中，梨里姊姊在新聞的專題單元用大舌頭的說話方式介紹我，旁白中插入訪談片段。

「那麼，曾根崎同學今後將要以超級國中醫學生的身分進行醫學研究，你有自信嗎？」

「那當然。」

「關於醫學研究，你有什麼話要說嗎？」

「我是第一名。」

聽到最後一句話，我明確地想起了當時的問題。那個時候，嬌滴滴大姊姊是這麼問我的：「曾根崎同學，你說你歷史很好，那在你們班上，誰的歷史成績最好？」我對歷史當然自信滿滿，所以抬頭挺胸說「我是第一名」。

我還以為那只是在閒聊，沒想到居然被拿去這樣用……

我想起接受訪談的隔天，痞子沼對我找碴的樣子，還有佐佐木學長說的「你的處境很危險」，忍不住縮起了身體。

沒想到會被移花接木，剪成我根本沒說過的話。話說回來，這次的訪談裡，根本沒什麼大不了的雜誌《壯麗醫學之眼》被介紹成超厲害的樣子，讓我擔心得不得了。

其實我只害怕一個人的誤會——如果非醫學院不讀的醫學宅三田村看到這段訪談，可能會誤會我撇下他，只讓自己一個人的名字登上醫學雜誌。

沒事的——我告訴自己。這個時間，三田村應該去補習了，他不會看到的。

隔天早上，這是我間隔幾天之後，第一次踏進櫻宮中學二年B班的教室。

教室忽然整個鴉雀無聲，輕浮的痞子沼蹭到我旁邊來：「小薰薰這樣的大天才，還需要來上什麼國中嗎？」

「煩耶。」

看到痞子沼像平常一樣跟我鬥嘴，我鬆了一口氣，偷瞄了三田村一眼。

三田村端坐在教室角落的桌子，眼睛直盯著課本看。

我走到三田村的座位。「欸，三田村，其實……」

抬頭看我的三田村，眼睛射出寒光：「櫻宮的超級明星曾根崎大師，找我這種小人物有何貴幹？」

我就像凍結了一樣，動彈不得。抬頭一看，美智子雙手合十，對我哈腰鞠躬。她拖著我，把我帶出教室。

「幹麼啦？」

「薰，對不起，其實我打電話跟三田村同學說了。」

咦咦咦！我傻掉了。怪不得三田村會這麼冷漠——妳這人幹麼這麼雞婆，誰叫妳多管閒事的！我都沒打電話了，妳打什麼打！糟透了！都是妳，害事情變得更複雜了啦！我好想痛罵低頭陪罪的美智子。

可是我深深做了個深呼吸：「沒辦法，美智子，是我自己不好。」

我發自心底轉念這麼想，美智子確實是多此一舉，但那原本是我應該要做的事。要是我懂事一點，就不會走到這步田地了吧。

我回想起以前爸爸傳給我的電郵裡的一段話：

「**惡意和無能是無法區分的，也不必區分**。」

這話雖是真理，但這時我希望三田村覺得我是無能，而不是有惡意。

光線忽然暗了下來，朝走廊的窗外一望，天空被沉重的烏雲籠罩了。閃電瞬間亮起，劃破了黑暗。

∞

後來又過了一星期，國中開始放暑假。我退出本來就是人頭社員的將棋社，不用參加暑期社團活動後，我成天泡在東城大學醫學院。

在東城大學，雖然我和桃倉先生、佐佐木學長的關係也沒有非常好。但他們兩個都比三田村成熟，不會當面讓我難堪。

桃倉先生不再提起重現實驗，藤田教授也當作沒這回事。照這樣下去，我的論文應該會被淹沒在雜誌山裡，就此船過水無痕。

沒錯，應該會這樣才對……然而，就在如此平靜的某一天，夏季風暴突然襲擊了我。

8月17日（三）

爸爸說：

「情勢一旦形成，

就難以改變。」

暑假進入八月某天早上，我剛到綜合解剖教室，宇月小姐就小聲對我說：「曾根崎同學，藤田教授找你。」

不知為何，宇月小姐的臉色看起來有點蒼白，我轉身前往教授室。

開門一看，藤田教授交抱著手臂，桃倉先生坐在對面沙發。一看到我，兩人露出完全相反的表情。藤田教授一臉憤懣，彷彿連看都不想看到我，桃倉先生則是一臉同情，彷彿連看到我都覺得可憐。

我直覺一定是出了什麼不好的事，內心揪成一團。可是最近實驗我都有好好做，做實驗的時候沒有偷看《Dondoko》，也沒有跟桃倉先生聊《超人巴克斯．英雄回歸2》了，我實在想不到藤田教授在不高興什麼。

藤田教授遞出一本薄薄的橘色雜誌，封面是一名笑容滿面的外國人照片，雜誌名稱是英文的「Nature」。

「這個『那支雷』[10]是什麼？」我承受不住現場沉悶的氣氛，忍不住開口。

藤田教授的表情變得宛如隆冬的凍原般，無限寒冷。

藤田教授沒有對我說話，而是回頭看桃倉先生說：「好了，這下該怎麼辦？畢竟連《自然》的英文單字都會念成羅馬拼音的爛學生，絕對不可能寫出這麼流暢的英文論文。」

噢噢，這就是大名鼎鼎的《自然》嗎？讀成羅馬拼音，完全暴露出我的英語能力有多差。話說回來，怎麼會這麼薄？跟車站讓人免費拿的雜誌差不多薄。三田村那麼嚮往的、總是瞧不起人的藤田教授想方設法要讓論文刊登在上面的雜誌，居然薄成這樣，真令人驚訝。

桃倉先生垂頭低語：「還是應該由藤田教授掛名第一作者的……」

藤田教授猛地拍了一下《自然》的封面，咬牙切齒地說：「事到如今說這些又有什麼用？這種程度的論文，從我手中寫出來也毫無話題性，再說，如果不是

10. 譯註：「Nature」用日文的羅馬拼音發音，音近「那支雷」。

『文部科學省科學研究費B・策略性未來展望計畫』的成果，它就毫無價值，所以只能當成是曾根崎同學寫的啊！」

「可是，現在麻省醫學院的歐胡教授在相同的分析中得到完全相反的結果，還刊登在《自然》上……」

聽到桃倉先生的話，藤田教授搖了搖頭：「所以我不就說過了嗎？繼續糊里糊塗下去，會被歐胡那傢伙追上。」

「可是，歐胡教授做出完全相反的結果，代表我們的結果很有可能根本是錯的……」桃倉先生急著想繼續說完前面的話。

「桃、倉！」藤田教授加重了語氣說，「你這是在說什麼事不關己的話？這篇論文的第一共同作者是你吧？換句話說，把這個結果寫成論文送出去，要負責的人是你啊，桃倉。」

「這太離譜了！」

「什麼東西離譜？難不成你是在說我離譜？」

桃倉先生用力咬住下唇，低下頭去。

「請問，現在是什麼問題？」我提心吊膽地開口發問。

「Please tell me how you found your special band sequence, Dr. Sonezaki.」

藤田教授突然用流利的英語問我。雖然我只聽到第一個「普利斯」和最後的「Dr. 曾根崎」，其他完全聽不懂。

見我愣住的樣子，藤田教授面露冷笑：「哎呀呀，到底該怎麼辦？桃倉啊，看他這副德行，實在不可能跟那位尖牙利齒的歐胡討論嘛。」

「那當然了，曾根崎同學是完全外行的國中生啊。」

「那你說要怎麼辦？」藤田教授的眼睛亮了一下。

一直低著頭的桃倉先生總算抬起頭來，筆直地看著藤田教授：「我陪他一起應付。」藤田教授的嘴脣浮現滿意的微笑。

「嗯，也只有這個法子了吧。那麼這件事就全部交給你處理了，桃倉。畢竟你是負責人嘛，不過你要強調已經在重現實驗中確認結果了。還有，我後天臨時

要出差，不能在場，接下來就交給你了。」

桃倉先生驚訝地問：「咦？教授要出差嗎？去哪裡出差？」

「桃倉，你只是個住院醫生，不需要知道教授全部的行程。」

離開教授室後，桃倉先生和我前往地下室。電梯一晃而過的黑暗亮起後，我提出疑問：「剛才是在說什麼？」

桃倉先生指著手中橘色雜誌封面的照片：「這個人是藤田教授的對手，麻省醫學院的歐胡教授。」

「既然會登上《自然》的封面，難道他是個很厲害的人？」

「是啊，在視網膜母細胞瘤的研究裡，他是世界第一權威。」

我目不轉睛地看著那張照片，長長的臉上刻畫著深深的皺紋，感覺就像是全心研究的氣質轉化而成的結晶，讓我忍不住對照起藤田教授那張沒半條皺紋的平滑臉龐。

「這個麻省醫學院的大教授怎麼了嗎？」走出電梯後，我繼續提問。

我們經過左右房間都裝滿解剖標本的陰暗長廊，桃倉先生斷斷續續地為我說明：「明天在東京舉辦的國際研討會，歐胡教授受邀前來進行特別演講。因為他的論文登在上星期出版的《自然》，那是個劃時代的發現。雖然只早了一點點，但我們的論文比他的更早公開，然而實驗結果卻和歐胡教授團隊的完全相反。歐胡教授從研討會的主辦單位，也就是帝華大學的工作人員那裡聽到這件事，表示對我們的論文有興趣多了解。」

我感到一陣天旋地轉。結果完全相反，表示我們的實驗結果很可疑？可是在論文的世界，是先到先贏嗎？也就是說，我不小心贏過了世界權威的歐胡教授？

桃倉先生淡淡地接著說：「然後，他表示務必想和天才國中生討論一下，臨時決定在研究會結束後的隔天，到櫻宮來一趟，也就是後天下午。」

咦咦咦！等一下啊，先生，現在是在叫我說英語嗎？而且是跟世界權威的大研究家教授？這亂來的程度，根本是匪夷所思了。

桃倉先生接著說：「當然，我們知道你不會說英語，可是櫻花電視台打聽到這件事，表示想播出這場訪談，然後藤田教授答應了。」

他答應了？我整個人呆掉。既然如此，三十六計走為上策。我反射性地說出腦中想到的藉口：「後天嗎？真可惜，後天是返校日。」

「返校日是明天吧？藤田教授剛才已經打電話去學校問過，調整對談日期了，所以你無路可逃的。」

怎麼會這樣……

桃倉先生接著說：「無可奈何，所以我和佐佐木同學也會在場，擔任你的口譯和協助人員。就說你雖然英文寫作能力好，但英文聽說的能力不好。我們會假裝翻譯歐胡教授的話，一起幫忙回應。」雖然很沒出息，但我鬆了一口氣。

我忽然想起藤田教授的話：「藤田教授不會在場嗎？」

桃倉先生聳了聳肩說：「你也聽到他剛才說的話吧？他要出差。」

憤怒的火焰在我的胸口熊熊燃燒起來。可惡的叛徒光秀[11]，看我怎麼收拾你！可是，說穿了也只是喪家之犬在那裡汪汪叫。

後天自有後天的出路。既然如此，全部交給桃倉先生和佐佐木學長，後天我就腦袋放空坐在現場就好了，我心想。

不知為何，遇到和英語相關的難題，我似乎總是能兩三下就果斷放棄。

隔天八月十六日星期二，是暑假中間的返校日，我在公車上遇到美智子。

我簡短說明昨天的事，美智子目瞪口呆地說：「薰，你這次真的完蛋了。」

「不要這樣講啦，別看我這樣，我真的很沮喪耶。而且都是因為那個節目，害我在班上被排擠了。」

「這樣想的只有你一個，那時大家只是有點嫉妒而已，現在早就忘記了。」

11. 譯註：指日本戰國武將明智光秀，他發動本能寺之變，謀殺主子織田信長。

「可是三田村……」

「三田村不一樣，沒辦法，畢竟他沒有得到公平的待遇。」

我垮下肩膀。那場電視節目風波以來，我和三田村連一句話都沒有說過。雖然部分原因也是那天之後沒多久，學校就開始放暑假了。

可是這次的事，讓我決心一定要找機會好好向三田村解釋清楚，說不定今天就是那個絕佳的機會。

我覺得暑假中間的返校日真是浪費時間，暑假作業沒寫完，也沒有課要上。不管怎麼想，都只是為了把學生找來打掃已經荒廢半個暑假的校園環境。

而且我最痛恨打掃了，我用竹掃把掃著校園角落，眼角餘光不停地留意著三田村。他正遠離眾人，自己一個人蹲著拔草。美智子向我使眼色，我從背後走近三田村，俯身叫他：「嗨，三田村大師，別來無恙呀？」

連我自己都覺得這個問候真是糟透了，但又想不到其他適合的話，只能硬著頭皮開口。

三田村朝上瞄了我一眼，目光隨即回到地面。看到三田村想要連根拔起車前草，卻只拔掉了葉子，我再次出聲：「欸，三田村，我們用這個草莖來玩鬥草。」

三田村站起來，雙手在褲子上拍了拍，說：「你不致贈我一本《壯麗醫學之眼》嗎？」

「什麼叫『自贈』？」

三田村看著我，聳了聳肩：「送人的意思，論文登上期刊，都會把論文抽印本送給幫過自己的人。」

「抽印本？你是說用釘書針釘起來，附上封面的論文嗎？我有很多，一半送你。」要是這麼做就能讓三田村消氣，那真是太謝天謝地了。

三田村小聲說：「不用那麼多，一本就好了。」

「完全沒問題，意思是你願意原諒我了嗎？」

「有什麼辦法？事情都過去了，也不能對你怎麼樣。」

「哇，三田村同學真是全日本第一男子漢！」

不知不覺間來到旁邊的美智子出聲說，三田村害臊地笑了。

我鬆了一口氣，看來有希望和三田村握手言和。我說：「其實，明天我得跟麻省醫學院的歐胡教授討論，三田村你可以一起來嗎？」

「咦？你說歐胡教授嗎？」三田村驚訝到走音，引得周圍拔草的同學們紛紛抬頭看向這裡。

「什麼什麼？有什麼好玩的事嗎？也跟大姊姊詳細說明一下。」

「跟妳無關啦。」我這麼說，美智子鼓起腮幫子：

「咦，我也是『曾根崎團隊』的一員，你怎麼這麼冷淡？」

三田村作勢推起眼鏡：「不對，是『三田村．曾根崎理論團隊』。」

「對喔，抱歉。」美智子抿脣微笑。

這時，二年B班的小霸王痞子沼湊了過來：「什麼事什麼事？我也要參一咖。」痞子沼跑來湊什麼熱鬧？話說回來，這傢伙嗅覺也太靈敏了。

我大略說明自己面臨的狀況。

「又有電視台要採訪？太厲害了，櫻宮的超級明星就是不一樣。」

痞子沼悠哉地說，他的反應讓我一陣洩氣，但這也不能怪痞子沼。因為若是省略詳細說明，我剛才所說的內容，不管怎麼看都是麻雀變鳳凰，人生正走在成功大道上的故事。

「幸好明天本大爺很閒，我可以陪你。」明明沒人拜託，痞子沼卻主動請纓要陪我，我完全不明白「幸好」在哪裡。不不不，我又沒找你。

美智子拍手定案：「那就這麼決定了！明天大家一起去看曾根崎大顯神威！」

這……這是什麼情況？我就說沒人拜託了啊。可是就像爸爸以前常說的，情勢一旦形成，就難以改變。美智子問三田村：「三田村同學也會一起來吧？」

「明天有補習班的暑期衝刺課程……」三田村支支吾吾地說。

美智子不放棄地追問：「你在說什麼啊？這可是超級無敵國中醫學生曾根崎同學，和世界級金頭腦歐胡教授的對決呢！要是錯過，你會後悔一輩子的。」

美智子說著，眼睛漸漸發光：「平沼同學可能不知道，其實『超級無敵國中醫學生』是薰和三田村的合體機器人。如果沒有三田村同學，薰就只是個草包，就像少了眼珠老爹的鬼太郎、沒有阿姆羅操縱的鋼彈。」

「什麼意思？」「妳什麼意思啦？」三田村和我異口同聲地發問，但我們的問題是針對完全不同的兩件事。身為動畫迷的我是對她的話嚴正抗議，而完全不看動畫的三田村則是因為不解其意。

美智子瞄了我一眼，對三田村說：「沒有眼珠老爹陪著，鬼太郎就只是個沒用的幼稚園小朋友，沒有阿姆羅操縱的鋼彈，就只是一堆廢鐵。」

聽到美智子的話，三田村頓時露出自信十足的表情，就連推起眼鏡的動作都顯得氣勢不凡。

「確實就像進藤同學說的，光靠曾根崎同學一個人，沒辦法對抗歐胡教授。真拿你沒辦法，看來只好讓我來兩肋插刀了。」

美智子的比喻雖然令人氣結，我卻因此開心起來。

我拍著三田村的肩膀說：「沒錯，沒有你，我真的不知道該怎麼辦。三田村，明天就靠你了！」

「對了，那場決鬥要在哪裡進行？」痞子沼問道。

「聽說明天中午要包下東城大學附屬醫院頂樓的景觀餐廳『滿天』舉辦。」

「好，那小薰薰，午餐你得請客啊。」痞子沼趁亂揩油，不僅拿到參加資格，連「酬勞」都撈到了。真是傷腦筋，半點都大意不得。

隔天八月十七日星期三，上午十一點。我們四人下了公車，仰望著盛夏熾烈豔陽下，櫻宮雙子大樓的這棟新建築——純白色的東城大學醫學院附屬醫院本館，俗稱「白紗麗」的大樓。

塔頂是一片玻璃幃幕，那裡就是決戰的地點，景觀餐廳「滿天」。我們佇足仰望白色巨塔片刻，不一會兒美智子就說：「我們走吧！」

我們點點頭，走進玄關大廳。

我們搭乘的電梯一口氣前往最頂樓，我已經習慣了電燈會熄滅一下、龜速般的紅磚建築破舊電梯。突然覺得現在從電梯玻璃牆看出去的戶外景色，宛如未來都市。

電梯一眨眼就抵達了景觀餐廳「滿天」，電梯門打開，我們走了出去。瞬間，刺眼的閃光燈如洪水般撲來，我忍不住閉上眼睛。

「對不起，現在正在測試。」

這嬌滴滴的聲音，是櫻花電視台的記者梨里姊姊。

「哇，是大久保梨里！」痞子沼立刻說。沒想到痞子沼居然知道她的全名，真是甘拜下風。可是我已經沒辦法以平常心面對梨里姊姊了，因為我已經知道這些人會毫不在乎地撒謊造假。

「滿天」餐廳裡，一名高個子外國人正在和桃倉先生說話。外國人的那張臉就跟《自然》的封面一樣，是麻省醫學院的歐胡教授。

有人拍了一下我的背，回頭一看，是穿著立領制服的超級高中醫學生佐佐木。在燈光反射下，制服上的金鈕釦比平常更耀眼。

「桃倉先生會應付得很好的，別擔心。有什麼狀況，我也會支援。」

「拜託學長了。」我乖巧地行禮說。

「今天你跟朋友一起來？三田村同學也來了嗎？」

「我就是三田村。」三田村怯怯地舉手，佐佐木學長對他說：

「我聽說你的事了，聽說你對這次的實驗提出了許多建議。曾根崎同學直到最後都很努力讓你的名字列入論文，無奈教授冥頑不靈，不肯答應。不過教室裡每個人都知道你有幫忙，請你別太苛責曾根崎同學了。」

三田村點了點頭，接著一臉開心地轉頭看我。

「佐佐木學長，謝謝你！」我開心極了，差點忍不住對他大聲道謝。可惜佐佐木學長已經回頭，大步走向歐胡教授和桃倉先生那邊。

美智子一臉恍惚：「好帥氣的人喔。」

我抱著九成的驕傲，以及夾雜另外一成的心煩意亂說著：「他是我的大前輩，

超級高中醫學生佐佐木敦學長。」

遠處和歐胡教授談笑風生的桃倉先生向我招手，我開始緊張起來。

訪談在和樂融融的氣氛中開始了，依照歐胡教授、桃倉先生、我，還有佐佐木學長的次序坐著。歐胡教授發言，桃倉先生翻譯成日語，以較大的音量說出來。我聽到之後，低聲向桃倉先生回答，然後桃倉先生翻譯成英語，轉告歐胡教授。看起來是以這樣的形式進行，其實暗藏玄機，我只要小聲模糊地回答，就不會露出馬腳了。也就是說，實質上等於是桃倉先生一手攬下回答的任務。這樣的話，感覺佐佐木學長在場似乎沒有意義，但旁邊有佐佐木學長罩著我，感受上大不相同。

歐胡教授先是提問了幾個我自己也能回答的問題，像是為何我會想要研究醫學。這類無傷大雅的對話持續約五分鐘之後，歐胡教授的表情突然轉為嚴肅：

「Okey, now we start the discussion about the antigen you found out so called Sonezaki band.（好了，那麼我們來討論你發現的抗原『曾根崎帶』吧。）」

桃倉先生翻譯完這句話之後，清了清喉嚨。終於要正式開始了，我也跟著緊張起來。雖然根本完全沒有我能回答的部分……

「發現曾根崎帶的時候，黏合溫度設定在幾度？」

「為什麼要問這個問題？」

桃倉先生反問，歐胡教授的眼神凌厲地發亮：「曾根崎帶的性質與我們發現的抗原完全相反，我懷疑它是因為黏合溫度設定較低而導致的偽陽性結果。」

「黏合溫度設定在標準溫度。」桃倉先生回答。

「病患是五歲男童，是相當特殊的病例，他在病理學上是確診的嗎？」

桃倉先生語氣不悅地立刻回答「當然」，接著想到什麼似地轉向佐佐木學長確認：「對吧？」沒想到佐佐木學長搖搖頭說：「病理診斷報告書，應該是藤田教授在寫報告之前，由他去確認的吧？」

桃倉先生聽了頓時變得面無血色，幸好歐胡教授不懂日語，因此可以若無其

事地進入下一題。「你知道部分檢體有時候會造成這類偽陽性結果吧？」

「Of course.（當然。）」

我用尊敬的眼神注視著桃倉先生用英語對答如流的樣子，完全不像在爭論超人巴克斯的時候，那個會講輸我的人。

歐胡教授的眼睛銳利地一閃：「實驗的 n（病例數）只有一例，重現實驗做了幾次？」

桃倉先生硬生生地嚥了口口水：「三次。」

「其中有幾次重現了結果？」

「後來我們做了三次實驗，在第三次重現了結果。」

騙人！我在內心吶喊，回話的桃倉先生也在逃避我的眼神。

歐胡教授深深吸了一口氣，眼中咄咄逼人的攻擊神色轉而沉靜下來。教授從皮包裡取出一本雜誌，那是我熟到不能再熟的《壯麗醫學之眼》。歐胡教授舉起雜誌，筆直地看著我說：「如果刊登在這本期刊的結果是事實，那麼這篇論文應該在我登上封面的《自然》最新一期時，和我的論文同時刊出才合理。但我不認為會這樣，因為你的實驗顯然有瑕疵。」

桃倉先生語速飛快地將歐胡教授說的內容轉譯給我，然後反問歐胡教授：「為何教授敢這樣斷定？」

歐胡教授用一種了然於胸的表情說：「曾根崎帶的序列，和我們前些日子公布的某種癌症表現基因極為相似，高達百分之九十七相同。這種表現基因是malignant melanoma（惡性黑色素瘤）所特有的，並不會出現在眼癌。根據這個事實，Dr. 曾根崎的實驗結果，只有兩種可能性。」

聽到這裡，桃倉先生用力嚥了一下口水。

「哪兩種可能性？」台下這麼大聲提問的是美智子，我吃了一驚，桃倉先生也露出困惑的表情。

「Professor Oafu, she just asked you what was the problem about his paper.」美智子旁邊的白襯衫男子為她把提問翻譯成英文。

對此，歐胡教授用英語回答。聽完教授的回答，桃倉先生整張臉都白了。

「歐胡教授說什麼？」我忍不住發問，但桃倉先生沒有回答。

坐在另一邊的佐佐木學長小聲解釋說：「歐胡教授表示，實驗結果有八成的可能性是誤用了黑色素瘤的檢體，有一成的可能性是汙染，眼前首要之務是排除這些可能。」

「什麼叫汙染？」

「就是摻進了別的檢體。」

腦袋變得一片空白，歐胡教授在眾目睽睽之下明確地指出我的論文是錯的。世界級的研究家，目光是不可能被蒙蔽的。我感到一陣暈眩想吐，可是如果要老實招出真相，恐怕只有這個機會了。

這時，景觀餐廳「滿天」的門打開來，回頭看到藤田教授站在那裡，一身筆挺的黑西裝，簡直像是黑手黨老大。藤田教授大步走上台，張開雙手，對著歐胡教授說：「Hi Philip, you look so good.（嗨，菲利浦，你氣色好極了。）」

這是我也能聽得懂的簡單英語，歐胡教授以極快的語速說了一串英語。

藤田教授應著「呀」、「呀」，然後把手搭到我的肩膀：「站起來，行禮。」

聽到藤田教授的話，我就像屁股被扎了一針，猛地跳起來，僵硬地行禮。宛如一座小山的歐胡教授也展開雙手，摟住我的肩膀。

藤田教授對電視台小組人員說：「今天辛苦各位了，歐胡教授說這場會談他十分滿意。他現在必須趕去成田機場搭機返國，請各位放過他吧。」

藤田教授向嬌滴滴的記者姊姊眨了一下眼。「不好意思我遲到了，不過我接下來可以全面協助製作新聞節目的字幕。」

「太好了！那麼我在樓下等教授。」聽到墨鏡大叔這麼說，藤田教授滿意地點點頭。

等到電視台小組人員離開後，藤田教授又對著歐胡教授說了幾句話。只見歐胡教授大大地點頭，而一旁的佐佐木學長則是冷眼看著這一幕。

歐胡教授走近我，伸出右手。我怯怯地回握那隻手，歐胡教授用力緊握，可以感受到他的手又大又結實。

歐胡教授和藤田教授談笑風生地離開了，只剩下我、桃倉先生、佐佐木學長，還有曾根崎團隊的三人。另外還有一個人，是剛才主動幫美智子把提問翻譯成英語的白襯衫先生。這位別著綠色臂章的先生向我遞出名片，上面印著「《時風新報》科學部．村山弘」。

村山記者笑咪咪地說：「我們之前見過，近日我想向你提出正式訪談邀請，到時再請多多指教。」

村山記者說完想說的話就走了，看到他的背影，我才回想起來。他是上次訪談的時候，現場唯一一個提出醫學相關問題的記者。

穿著制服，看起來英姿煥發的佐佐木學長對美智子說：「妳真的是國二生嗎？真了不起。在今天的大場合，竟然有勇氣提出那種問題。」

「啊，當時是我太入迷了。」美智子一邊說，一邊搖晃著馬尾，滿臉羞赧地垂下頭。我第一次看到她露出如此嬌羞的樣子，這樣一看，意外發現美智子其實滿可愛的。

她的聲音和平常完全不一樣，音量小得幾乎聽不見，旁邊的三田村和痞子沼見到美智子跟平日判若兩人的模樣也張口結舌。

這時桃倉先生走過來，表情比平常更疲憊地說：「曾根崎同學，辛苦了。」

我按捺不住好奇地問：「事情都被歐胡教授看透了，但最後藤田教授說的是什麼意思？」

「嗯，這個嘛……」桃倉先生支吾起來。

佐佐木學長清了清喉嚨說：「鼴鼠先生，曾根崎同學是論文的第一作者，他有權利知道事實。」

桃倉先生先是表情苦澀，接著他慢慢地回答：「藤田教授說，他和歐胡教授的看法一樣，認為那個實驗結果有受到汙染的可能性，但因為曾根崎同學保證重

現實驗也得到相同的結果，絕對沒問題，所以才投稿的。」

我懷疑是自己聽錯了。等、等一下啊，先生，我根本沒說過那種話。事實上，反對投稿的是桃倉先生，藤田教授做的跟說的根本相反。這實在太荒謬了！一旁的曾根崎團隊的成員，也都面帶同情地看著我。

佐佐木學長說：「這次的電視播出，藤田教授應該會在字幕動手腳，勉強還可以混過去。可是世界權威的歐胡教授已經注意到那篇論文，你得有所覺悟了。」

覺悟？什麼覺悟？桃倉先生見我一臉混亂和驚慌的樣子，說：「曾根崎同學，你一定累了，今天先回去吧。」

∞

大家的情緒和剛來的時候相反，曾根崎團隊顯得無精打采。只有不明究理、插花參加的痞子沼，因為有機會和大久保梨里握手，一臉滿足。

美智子開口提議：「欸，要不要去喬納斯餐廳坐一下？」下午沒其他事情的我們都表示同意。四人點了飲料歡樂吧，我們各自拿了三杯飲料，開始閒聊。

「沒想到能在那麼近的地方看到歐胡教授。」三田村開口。

「那個大叔很有名嗎？」我追問。

三田村已經習慣我對醫學的蒙昧無知，解釋說：「他是諾貝爾醫學獎最有希望獲獎的人。」

「是喔？那他是你崇拜的英雄囉！」

「我一直以為你是個自私自利、只知道獨善其身的人，可是看到剛才的討論會，我終於明白了。原來你是被大人們牽著鼻子走，還遇到這麼慘的事。我保證，以後我一定會毫不保留地幫你。」

聽到三田村這話，我的胸口不禁發熱。「謝謝你，三田村。」

「這邊交給我吧！我也會幫忙。」明明在狀況外，輕浮的痞子沼竟也跟著附和。喂，痞子沼，你說的「這邊」到底是哪邊？

接下來，我們拉拉雜雜地聊著所剩無幾的暑假行程，以及堆積如山的暑假作業。離開餐廳時，夕陽已經把西方天際烤黃了。

回家後，我傳了電郵給爸爸。這幾天我都沒有進行報告，所以我把事情的經過都詳細寫下來。不過我沒有寫信的那段期間，爸爸依然每天淡淡地用電郵傳來他的早餐內容。

原本我打算簡短交代就好，但不知不覺間，就變成了一封從來沒有過的長信。把信寄出後，我盯著色彩繽紛的待機畫面，等待爸爸回信。

直到房間都暗下來，只剩下螢幕大放光明，我依然沒有等到回信。等累了的我趴到桌上，不知不覺間落入深沉的夢鄉。

8月18日（四）

爸爸說：

「這世上最痛苦的事，莫過於看不到終點的忍耐。」

因為我趴在桌上睡著了，隔天早上，一抬頭，映入眼簾的就是進入休眠模式的黑色螢幕。我敲鍵喚醒螢幕，清除垃圾信件，發現「鬼臉先生」寄來的郵件。我連忙點開，看見熟悉的開頭文字。

但接下來的文字，並不是平常的早餐內容。

✉親愛的薰：沒想到你會遇到這樣的驚濤駭浪，請原諒我沒有立刻回信。這種時候偏偏遇到VIP來訪，這個VIP的敏銳度不同於一般人，深入追問了許多問題，讓爸爸也吃足了苦頭。不過從災難的程度來說，你比爸爸慘多了。

爸爸看到你的信，立刻回信了，不過你應該還在床上睡覺，看到這封信的時候，你可能要趕著上學，八成沒有時間回覆，等你晚上再回信就好了。

一言難盡，我決定一封郵件處理一個問題。伸我咂了一下舌頭，賽局理論的世界權威曾根崎伸一郎，他的弱點就是過度鑽研高深理論，經常因此疏忽了山腳下的風景。爸爸完全忘了讀國中的我正在放暑假，因為是暑假，就算是平日早晨的現在，我也可以立刻回信。不過我暫時沒回信，而是緊接著讀起了爸爸的第二封來信。

✉親愛的薰：從你的信看來，這個藤田教授似乎相當惡質。爸爸覺得事情不會就這樣結束，我們有必要準備因應之道。對付這種人，有兩種方法。一種是「以眼還眼」，也叫「主動戰略」。採用這種做法，如果遇上對方認真反擊，就會演變成全面戰爭。用你喜歡的中國歷史來比喻，需要漢朝韓信的「背水之陣」那樣的覺悟。另一種是「消極戰略」，它的精髓是「明鏡止水」，也就是無條件接受一切，波瀾不驚，接近老子所說的「儉武」。因為崇尚「避戰」，所以傷害不大。不過這也要看對方如何出招，如果對方過度惡質，我們也無法全身而退。

要選擇哪一邊，就看你的決定。

第二封信就寫到這裡，下方的郵件，新郵件標記正閃閃發亮，我連忙點開第三封信。

✉薰，我希望你做出選擇，決定要採取主動還是消極戰略，這是第一件要做的事。因為這兩種應變方法截然不同，一旦決定基本戰略，就無法中途更改。

我再三閱讀爸爸的信，但終究無法立刻決定是要選擇哪一邊。我正埋怨爸爸為什麼不把兩邊的作戰內容都告訴我，發現還有尚未開啟的第四封信，我點開郵件。

✉親愛的薰：你讀了上一封信，一定會希望我告訴你主動和消極兩邊的戰略是什麼，不過這樣是不行的。如果知道兩邊的戰略，就會無意識地選擇輕鬆的一邊，這是人的天性。而不知為何，輕鬆的路，經常也是通往敗北的路。有太多人選擇輕鬆的路，以致於選擇艱難道路的人，往往會被說成是「怪胎」。而其中獲得成功的人，被稱為「勇者」。這世上的「勇者」有多罕見，喜愛歷史的你應該知道吧？

要是我能給你更詳細的建議就好了，但爸爸和藤田教授並不算直接認識，資訊太少，難以定奪。

所以你必須自己決定。然後我再告訴你要怎麼做。

這讓我想到劉備和曹操這些《三國志》裡的英雄，他們是在現代也備受推崇的歷史人物。我完全同意爸爸的話，接著繼續打開第五封信。

✉不管是主動還是消極，都各有其輕鬆及艱難之處。平均起來，其實是差不多辛苦的，所以我只能傳授你其中一邊。兩邊都有四個階段，第一階段是共通的，接下來分道揚鑣。消極戰略這一邊，最艱辛的過程是第二階段，主動戰略這一邊，則是第三和第四階段最困難。但如果兩邊都知道，就會在第二階段選擇輕鬆的主動戰略，第三和第四階段則因為主動戰略太辛苦，而投入消極戰略的懷抱。

這是最糟糕的選擇，是必敗無疑的方程式，因此我打算只教你其中一邊。畢竟沒有任何一個父親希望兒子落敗。

最後一句話讓我看得眼眶有些發熱，我點開第六封信。

✉親愛的薰：告訴爸爸，你的選擇是什麼？十二個小時後，我會寄出指令信給你。在告訴你第一階段之前，先傳授你事前準備吧。首先，你要專心處理雜務。在著手重要的事情之前，先將雜務清理完成也很重要，比方說國中的暑假作業這種事。接著是指令（一）：針對綜合解剖教室的藤田教授、

桃倉醫生、佐佐木同學，鉅細靡遺地蒐集到他們的電子郵件信箱、住址，以及日常相關資訊，然後等我下一步指令。伸

我站起來，在房間裡繞圈踱步，這是我想事情時的習慣。爸爸八成也已經看透我正在裝出一副煩惱的樣子，這點實在讓人很不開心。

我刪去主動和消極的其中一邊，只留下一個，動手回信給爸爸。隨著「叮」一聲，郵件被吸入太平洋的海底電纜了。接著，我決定前往東城大學醫學院，執行指令（一）。

搭乘前往大學醫院的公車時，我體會到爸爸給我的指令（一）非常精確。相信接下來，爸爸應該也會提供我許多建議吧！但最後我還是得自己一個人做出決定，這時直接的資訊會扮演重要的角色。為了得到這些資訊，只能前往資訊所在的地點。現在我想知道的，是藤田教授的想法和其他瑣事，比方說他喜歡什麼、

討厭什麼這類資訊。

我在搖晃的公車上想事情，這時有人拉扯我的袖子。之前曾遇到的幼稚園小朋友小凱，正笑咪咪地站在我旁邊，他的右眼一樣戴著純白的眼罩。如果是結膜炎，症狀未免也拖太久了，讓我不禁為他擔心起來。

「第四題，超人巴克斯射出最多光線對付的怪獸是哪一隻？」

他看著我的眼睛閃閃發亮，我輕鬆回答：「是格頓飛鼠怪。」

小凱口中哼著「嘟啦啦啦」，接著用力張開雙手：「猜對了！」

我想起一件事情，伸手摸索外套的胸袋。找到從桃倉先生那裡拗來的《Dondoko》贈品——席托隆星人貼紙。

「這個送你。」小凱的臉一下子亮了起來。

「真的嗎？真的可以給我嗎？」

我點點頭，於是小凱雙手交叉擺出巴克斯的變身動作，衝回後面的座位，抓住一位婦人的肩膀興奮搖晃：「媽媽，那個大哥哥送我這個。」

正在打盹的小凱媽媽看到貼紙，笑著向我點點頭。公車大大地搖晃了一下，感覺車頭輕輕抬起。廣播聲響起：「下一站終點站，大學醫院站，要下車的乘客請按鈴。」每次聽到這個廣播我都會想，既然是終點，反正都要停車，也不必按鈴了吧？

小凱下了公車，小跳步朝橘色建築物前進。他不時回頭向我揮手，小凱的身影和母親一起變得越來越小。我目送他們遠去，自己走過綠意盎然的櫻花行道樹之間，前往紅磚建築。

來到綜合解剖教室，藤田教授笑容滿面地向我舉手打招呼。

「嗨，超級無敵國中醫學生曾根崎薰同學，昨天辛苦你了。你看到櫻宮超級明星列傳的續集了嗎？透過電視螢幕看起來，曾根崎同學滿帥氣的呢，讓我對你刮目相看了。」

端咖啡過來給藤田教授的宇月小姐淺淺一笑，一陣輕柔的花香飄來。

「可是，歐胡教授指出了論文的問題——」

瞬間，藤田教授的表情沉了一下，但立刻開朗地說：「你不用管歐胡說什麼，這裡又不是學會，只要能瞞過文部科學省的耳目就行了。」

我吃了一驚！藤田教授剛才確實說出了「瞞過」這兩個字。

藤田教授大大地伸了個懶腰：「歐胡跑來的時候，我還擔心這次要完蛋了，幸好櫻花電視台的工作人員都不會英語，真是得救了。面對最大的危機，卻能扭轉乾坤，連我自己都欽佩我自己啊！」

我俯視著藤田教授喜孜孜的臉，一句成語掠過腦際。

「……亢龍有悔。」

「嗯？你說什麼？」

「沒事。」我忽然發現自己回答的聲音冷冷冰冰，就像平常的佐佐木學長。

被藤田教授打發離開後，我進入隔壁的祕書室，我靠近專心一意在打文書軟體的宇月小姐。

「請問有沒有教室成員的通訊錄呢？可以的話，我想影印一份。」

「有是有，你怎麼會突然想要通訊錄？」

「我想寄暑假問候卡。」我反射性地撒了謊。

「真是有心，我馬上印給你。」宇月小姐停下打字的手，目光在螢幕上搜尋。很快地，她白皙纖細的手流暢地敲打鍵盤，背後傳來機器運作聲。我回頭看，列表機已經吐出一張紙來。拿起來確認，發現是教室成員的通訊錄，我搔了搔頭說：「不好意思，我還想要電子信箱。」

「寄問候卡不需要電子信箱吧？」

「其實我想寄電子卡片。」我反射性地說。

「這樣啊，我還在佩服這年頭難得有孩子願意親手寫卡片呢。」

沒多久，隨著機器運作聲再次吐出來紙張，上面印著電子信箱。我一把抓起，快步跑出祕書室。

打開地下實驗室的門，桃倉先生正蜷著背，俯身在調整PCR檢體。

「昨天謝謝你了！」我開口道謝。

桃倉先生聞聲抬起頭來：「你沒必要向我道謝，那是教授惹出來的問題，我才想向你道歉。」

我覺得好久沒聽到桃倉先生說話了，頓時有點激動，眼眶發熱。

「可是還是謝謝你。」

桃倉先生拿起試管，默默地繼續調整試劑。他沒看向站在門口的我，只是說了句：「很久沒一起吃午飯了，今天做完這個PCR就收工，一起去吃個飯吧！」這個提議讓我開心起來，連連點頭。

桃倉先生的薪水微薄，這一點從他平常的服裝、飲食，還有生活樣貌就可以看出來。不過難得一起吃飯，居然是去吃「滿天」，我有些失望。

但是烏龍麵很好吃，所以也沒什麼好計較的。

下午兩點多，醫院餐廳空空蕩蕩。我和桃倉先生坐在窗邊座位，吃著烏龍麵。窗外的水平線閃爍著銀光，海角附近有東西亮了一下。

「那是什麼？」

桃倉先生望向我指的方向，邊吃烏龍麵邊說：「那是遠古以前的貝殼殘骸，那個地方原本建了一座有來歷的塔，可是馬上就壞了，現在蓋了一座玻璃城堡。」

桃倉先生的話很神祕，我正想反問「什麼意思？」，這時有人出聲叫他，讓這個話題無疾而終。

「喂，桃倉，你要在基礎實驗室那裡混到什麼時候啊？」眼前說話的是一個穿著筆挺白袍的帥氣大哥哥，看上去像外科醫生。

桃倉先生蜷起了背，含糊不清地說：「好久不見了，利根。我這邊也只差一點，實驗結果就快出來了。倒是你，聽說你已經升講師了？恭喜。」

利根先生笑容滿面地說：「我只是運氣好，論文原本登在不怎麼樣的期刊，沒想到影響指數突然上升，我的身價也跟著水漲船高。倒是你最好小心點，現在計畫很順利，所以垣谷教授也睜隻眼閉隻眼，但如果發生什麼問題，你也會一起被拖下水。」

接著利根先生瞄了我一眼，說：「你就是那個大名鼎鼎的超級無敵國中醫學生嗎？桃倉就拜託你關照啦。」

利根先生說完，瀟灑地轉過身，離開「滿天」。

「那個人是誰？」

「他是內臟統馭外科的利根講師，我的同學。」

「同學？利根醫生跟桃倉老師同年嗎？」

「我重考一年，他應屆考上，所以正確地說，他小我一歲。」

呃，只差一歲，幾乎沒差吧？不過這也讓我重新體認到，原來桃倉先生看起來比實際年齡還要老。

「桃倉先生不是解剖的醫生，而是外科醫生吧？為什麼會在研究解剖呢？」

「是為了拿博士學位。」

「博士號[12]？聽起來就像巴克斯的自行車志氣號那樣呢。」

「被你這麼一說，博士學位跟志氣號或許也沒什麼差別。兩邊都沒什麼用處，可是少了它就不像話。」他笑著回應。

感覺好久沒看到桃倉先生的笑容了，他看著窗外的水平線，繼續說著：「我只能在這間教室再待上一年，明年就必須回去外科。可是按照現在的進展，感覺不可能拿到博士學位了。」

桃倉先生要離開教室了？那我該怎麼辦才好？不安的感覺像烏雲般湧上心頭，窗外的景色卻正好相反，盛夏豔陽大放光彩，積雨雲從水平線滾滾冒出。

我在醫院玄關和桃倉先生道別，乘上回家的公車。爸爸向來準時，他的下一

12. 譯註：日文裡，博士學位的說法是「博士號」。

個指令會在晚上八點送達。我摸了摸口袋裡的通訊錄和電子信箱清單，無論如何，我都必須在八點前將暑假問候卡片完成，並且寄出去才行。因為清單裡也有宇月小姐的電子信箱，所以不能隨便交差。

真教人厭煩，這些額外的事讓雜務變多了。對於已經擺脫這類束縛的爸爸，我既羨慕他的自由，同時也覺得氣憤。

下午四點回到家之後，我先吃過晚餐，然後在晚上七點完成了暑假的問候電子卡。我用電腦繪圖畫了超人巴克斯對決席托隆星人，連自己都覺得畫得很棒。細細端詳這幅畫，不知為何我想起了藤田教授和桃倉先生爭論的場面。明明跟他們兩人一點都不像，怎麼會這樣呢？

我在七點半將卡片同時寄出，這下總算準備完成了。我喝著橘子汁，坐在電腦前等待爸爸的來信。分秒不差，八點整響起收到新郵件的聲音。

✉ 親愛的薰：今天的早餐是肉桂吐司和洋甘菊茶。伸緊張的我頓時癱軟下來，鈴聲很快地再次響起，收到第二封電郵了。

✉親愛的薰：根據爸爸的預測，你會選擇消極戰略的機率是百分之九十七，選擇主動戰略的機率是百分之二，放棄選擇，丟給爸爸的可能性則是百分之一。

炫耀自己的預測，是爸爸的壞毛病，接著兩封信同時寄達。

✉親愛的薰：你一定覺得爸爸的預測是馬後炮吧？不過第二封信是在十二個小時前，指定收信時間寄出的喔。

我查看郵件，預測信的寄出時間確實是十一個小時前。這讓我再度體認到爸爸有多厲害，接著我點開第四封信。

✉ 親愛的薰：這種程度就佩服是不行的，其實那封信是看到你的答案之後才寄出的，要假造寄信時間是很容易的事。

我把臉埋進桌上的靠枕，半晌都動彈不得。爸爸到底想幹麼？我在靠枕裡閉上眼睛，耳朵再次聽到鈴聲。

✉ 親愛的薰：那麼爸爸開始下指令了，第一階段，指令（一）：把解剖學教室成員的住址和電子郵件傳給爸爸。伸

我立刻將兩張文件掃瞄成電子檔傳送過去，爸爸回信了：

✉ 親愛的薰：第一階段，指令（二）：把你一開始到解剖學教室時，一直到後面每天寫的日記（或是叫它業務日誌？）轉成電子檔，全部傳給我。伸

半年份的業務日誌，是我想到就會寫下的平日生活點滴，林林總總共有近一百頁。全都是手寫在筆記本裡面，所以必須逐一掃瞄每一頁才行。

若是平常的話，這麼麻煩的差事，我直接就放棄了，但回想起歐胡教授嚴厲的眼神。我轉念心想，為了逃離他那種眼神，這根本算不上什麼麻煩。

為了慎重起見，我傳了信件確認：

✉薰↓爸爸，業務日誌的量滿大的，感覺會花很多時間。

這樣還是要做嗎？

叮鈴。

✉親愛的薰：我會耐心等待，全部都要傳過來，不可以有遺漏。完成之後，就進入第二階段。第二階段更重要、更辛苦，你要加油。伸第一階段就夠累人了，第二階段居然比這還要累？有那麼一瞬間，我覺得自己差點暈眩，但還是立刻振作起來回信：

✉薰↓爸爸，明白，我立刻動工。

叮鈴。

✉親愛的薰：收到，那麼爸爸先去睡一下。伸

兩小時後，我把全部的日誌掃瞄成電子檔，並順利寄出最後一封信。看看時鐘，已經晚上十點了，這次沒有馬上收到回信。想到螢幕另一頭，爸爸應該正睡得不省人事，我忽然覺得自己很蠢，於是也抱著日誌打起盹來。

清醒過來時，已經是早上了。朝螢幕一望，來自「鬼臉先生」的新郵件記號

閃爍著。

✉親愛的薰：爸爸讀了你的業務日記，看到你真的很努力，很為你驕傲。醫學是一門很棒的學問，是為眾人謀求福祉。一想到你也參與其中，爸爸真的感慨萬千。伸

沒有任何指令。我連忙尋找，在垃圾信當中挖出了爸爸的信。

✉親愛的薰：現在我要給你更困難的第二階段指令。指令（一）：幾天後，你會收到爸爸寄給你的信件，但絕對不可以拆開。指令（二）：從現在開始，關於這件事，你什麼都不能想、不能說，也不能做。伸

我有種一拳揮空的感覺，把內容重讀了好幾次。這是最辛苦的指令？是不是

哪裡搞錯了？可是不管重讀多少次，爸爸的信件依舊只有簡單的幾句話。

三天後，我收到一封國際郵件。雖然好奇萬分，心癢難耐，但我依照指示，忍住沒有拆開。爸爸繼續淡淡地傳來早餐內容的郵件，我本來不想回信，可是收到郵件的隔天，實在按捺不住，寫信問他：

✉薰↓爸爸，我收到你的信了。我想問一下，為什麼你說第二階段最辛苦？

我一點都不覺得有什麼辛苦。

爸爸立刻回信，內容只有一行：

✉親愛的薰：這世上最痛苦的事，莫過於看不到終點的忍耐。

又過了一會兒，我收到一封內容稍長的說明信：

✉親愛的薰：我補充說明一下剛才的信，消極戰略的精髓，在於專守防衛。一旦出事，就立即反應，將損害控制在最小，所以我不知道你必須忍耐到什麼時候。一旦出事，就必須敏捷地反應。因此要全神貫注，而且必須忍耐，爸爸認為這是世上最辛苦的事。

或許這些準備全是白費，但若是這樣，這是最值得欣喜的結果。不過根據我的預測，一個月內會出事的可能性是百分之七十五，機率相當高。

所以你必須在那之前養精蓄銳。伸

我無法理解爸爸信中的內容，不過爸爸每次說的話，到最後總是能說服我。

一個星期風平浪靜地過去了，我不是那種會對悠閒生活感到枯燥不耐的類型。但唯獨只有這件事，爸爸的預測似乎失準了。不過比起這件事，不斷累積的暑假作業更沉重，持續地壓在我的肩上。

八月三十一日，星期三。雖然是星期三，我卻去了東城大學，理由很簡單。因為我的書包裡塞了一大堆還沒寫完的數學作業，而今天已經是暑假最後一天了。我把它們帶來，是指望我的「專屬數學家教」桃倉先生，能夠救救我。

教室裡，桃倉先生正在讀最新一期的《Dondoko》，完全沒有平常的緊張感。我一點都不意外，因為這個星期藤田教授放暑假，對於小嘍囉們來說，就像是沙漠裡突然冒出來的綠洲，是特別的學術休假。我伸手搶走漫畫雜誌，桃倉先生也只是打哈欠，並沒有生氣。太讚了！看樣子，我可以把數學作業塞給他。

但每個故事的發展，在平靜的場面之後，總是接著暴風雨的來襲。就像公式般，實驗室的門這時突然被打開。我和桃倉先生看到出現在門口的人，整個僵住——藤田「哥吉拉」突然登場了。

桃倉先生驚慌失措地從我手中搶過《Dondoko》，丟進垃圾桶。「藤、藤田教授，你不是預定暑休到明天嗎？」

藤田教授不理會桃倉先生的問題，看也不看他丟掉的《Dondoko》，一把將報紙扔到桌上。「說，你到底要怎麼負責？桃倉。」

那是今早的《時風新報》，頭版標題是「文部科學省重要計畫涉嫌論文造假」。我看不懂「造假」的漢字，納悶歪頭，藤田教授冷眼俯視著這樣的我。

到底出了什麼事？

8月31日（三）

爸爸說：「釋放內心的毒蠍吧！」

看到藤田教授遞過來的報紙，桃倉先生就像凍結了一樣，一動也不動。

標題文字令人怵目驚心，我的腦袋瞬間一片空白。「超級國中醫學生涉嫌造假」、「在討論會上矇騙諾貝爾醫學獎候選人麻省醫學院教授」、「實驗結果造假」、「教室聯手粉飾太平？」我的腦中浮現穿白襯衫、戴綠臂章的村山記者。

藤田教授從桃倉先生手中拿回新聞，大聲朗讀報導內容：

「跳級進入東城大學醫學院綜合解剖教室的國中生S・K同學，前些日子將論文投稿醫學期刊，並獲得刊登。該教室的藤田教授提出『運用國中生柔軟的發想，在醫學研究展開全新的教育及研究』，申請到『文部科學省特別科學研究費B・策略性未來展望計畫』，S・K同學即為該計畫的中心人物。他完成在眼癌視網膜母細胞瘤領域的劃時代論文，並刊登在歐美專門學術期刊，此一成果使得藤田教授被任命為文部科學省的未來展望計畫審議委員。這一切都要歸功於S・K同學，然而記者發現了兩個疑點。首先是S・K同學的論文，疑似由他的指導老師藤田教授捉刀代筆。據說S・K同學在國中的英文成績不佳，這樣一名青少年，有辦法寫出高難度的醫學論文嗎？不過論文是在藤田教授的指導下完成，藤田教授也以共同作者的身分掛名，因此並不算太大的問題。過去有許多論文並非以研究執行者名義，而是以教室主持人的教授名義發表，這在現今仍是醫學界的慣例做法。」

讀到這裡，藤田教授朝我瞟了一眼，繼續朗讀下去：

「最大的疑點，是S．K同學可能假造了實驗數據。關於這一點，世界首屈一指的研究者，麻省醫學院的歐胡教授在拜訪櫻宮市時，於公開場合提出質問。然而在這場對談，從頭到尾都是指導老師在回應，S．K同學完全沒有回答，儘管如此，某家電視台的新聞節目中，卻附上字幕，播出S同學對答如流的片段。記者對這段對話及節目內容感到疑問，前往成田機場找到出發前的歐胡教授，直接採訪到他本人。結果歐胡教授表示，在討論的時候，他提出S．K同學找到的序列，在惡性黑色素瘤有很高的特異性，但是在視網膜母細胞瘤卻沒有任何前例，因此他懷疑有可能是視網膜母細胞瘤與惡性黑色素瘤的交叉汙染，提議再次實驗，卻未能在討論中得到明確的回答。」

藤田教授將報紙一把扔出去，我和桃倉先生都盯著那份報紙看。

「桃倉，病理診斷的結果確定過了吧？」

聽到藤田教授的問題，桃倉先生回答：「那個時候我提出要確認病理結果，教授說時間很趕，會親自連上電子病歷確認……」

「齁？齁？也就是說，桃倉，你身為這篇論文的共同作者，卻從來沒有親眼確認過病理診斷？」桃倉先生點了點頭。

藤田教授站起來說：「過來。」我和桃倉先生跟著藤田教授，進入教授室。

教授對著電腦，開始高速敲打鍵盤。很快地，他似乎找到要找的資料，雙臂環胸，目不轉睛地盯著螢幕。

他抬頭以下巴示意桃倉先生過去。桃倉先生繞到桌子另一邊，從藤田教授背後觀看螢幕。

「Retinoblastoma, compatible with, see description. 果然是視網膜母細胞瘤。」

桃倉先生啞著嗓子說。我鬆了口氣，看來診斷並沒有錯。

然而藤田教授的表情依舊凝重，他沉聲接著說：「你就是這樣，廢物一個。仔細讀到最後，上面不是說 see description（參考描述）嗎？」

桃倉先生的視線移向螢幕下方，目光停留在最後一行。

「rule out, malignant melanoma……『需與惡性黑色素瘤鑑別』？」

桃倉抬頭，問藤田教授：「接下來的實驗結果報告呢？」

「病理那邊的報告就只到這裡。」藤田教授聳了聳肩。

「咦？沒有做免疫染色嗎？」

「我們醫院從很早以前開始，只要診斷出是惡性，就直接省略鑑別診斷了。因為十年前開始的醫療崩壞問題，醫療費用遭到大幅限縮，只能進行最基本的診斷，你身為臨床現場的外科醫師，也很清楚這件事吧？」

「就算是這樣，在這個階段就不再釐清……」

「沒辦法，反正只要動手術拿掉，結果都一樣。」

藤田教授狠瞪了桃倉先生一眼：「現在在這裡埋怨醫療現況也沒用，眼下最重要的問題，是要怎麼擺脫落到我們頭上的嫌疑。」

桃倉先生縮起了身子說：「可是，這份病理報告根本無法回答歐胡教授的問題……」

砰！一道巨響，藤田教授滿臉通紅地雙手拍桌，站了起來：「這還用你說嗎？重點是現在該怎麼辦啊！」

桃倉先生和我都愣住了。事到如今，還有什麼法子可想？藤田教授的目光轉向我，被他冰冷的眼神貫穿，我遍體生寒。

「既然這樣，看來只好讓曾根崎同學自行負起責任了。」

什麼？等一下啊！先生，這是要叫我負什麼責？面露冷笑的藤田教授，聲音就像來自地獄深淵：「曾根崎同學，剩下來的手段，就只有你向社會大眾道歉，說明都是因為你的疏失，導致錯誤的實驗結果。」

我陷入茫然。這個人在說什麼啊？論文是藤田教授寫的，實驗絕大部分都是桃倉先生做的。我什麼都沒做，憑什麼要我道歉？

藤田教授冷笑著：「看你一副『憑什麼我要道歉』的表情，你這小朋友也真傷腦筋，你道歉是天經地義的事啊。那是你刊登在《壯麗醫學之眼》的論文，可別忘了，作者是曾根崎同學──你的名字啊！」

周圍的世界整個扭曲了。為什麼？怎麼會？我只是……

藤田教授盯著我，繼續說：「雖然這麼說，但沒發現你胡來，我和桃倉也有督導不周的責任。所以我們會陪你一起出席道歉記者會，在一旁支持你。」

「呃，什麼道歉記者會？」

藤田教授唉聲嘆氣，左右搖頭：「動動你自己的腦袋瓜吧，事情都鬧得這麼大了，只好找來你最喜歡的記者哥哥姊姊們，在大家面前乖乖道歉。你就只剩下這條路可走了，懂了嗎？超級無敵國中醫學生曾根崎同學。」

「要叫曾根崎同學道歉嗎？」桃倉先生驚呼。

「當然了，不這麼做，媒體不會善罷甘休吧。」

「可是曾根崎同學只是個國中生，應該由教授……」

「齁？齁？你是在叫我向社會大眾低頭賠罪？」

「呃，不是……呃，那個……」被藤田教授一瞪，桃倉先生一度瑟縮了起來。但他仍舊毅然決然地說：「呃，如果不能拜託教授，我可以出面……」

「你有那個分量嗎？你這個外科來的研究生，連博士學位都拿不到、只待幾年就得走的助教，這樣的你有什麼資格代表我們綜合解剖教室？」桃倉先生沉默了。

藤田教授對著我宣告：「應付這種狀況，如果報導一出來就立刻道歉，效果不大。今天是八月三十一日，明天是開學典禮，道歉記者會就定在九天後的九月九日好了。」我說不出話來，轉身打算走出房間，這時背後的藤田教授竟然落井下石地補一句：「曾根崎同學，下次見面就是道歉記者會了。雖然為期不長，不過和你相處的時光很愉快。」我只能呆呆地看著在眼前關上的門。

有人拍拍我的肩膀，我回過頭去，超級高中醫學生佐佐木就站在我後面。

「怎麼了？你的臉好蒼白。」穿著立領制服的佐佐木學長，金色的鈕釦和右眼亮了一下。我鬆了一口氣，視野頓時一片模糊。不知不覺間，我已經哇哇大哭起來了。

「怎、怎麼了？出了什麼事？」佐佐木學長有點不知所措。

聽到他的關切，我放聲哭得更慘了。佐佐木學長扯著我的袖子，把我推進電梯裡。電梯一瞬間被黑暗籠罩，接著開始緩緩下降。佐佐木學長把抽抽答答哭個不停的我帶到地下實驗室，兩人並坐在發出低沉聲響的PCR機器前。

「告訴我，出了什麼事？」

我邊哭邊說明事情的經過，佐佐木學長則是在一旁默默地聆聽。說著說著，比起難過，我感覺到強烈的憤怒正熊熊燃燒。臉頰上的淚水，不知不覺之間也乾了。說完之後，我對著佐佐木學長說：

「就算他是教授，這也太過分了，我要報仇。」

「叫你道歉，這有什麼過分的？」

「又不是我造假的，明明就是藤田教授做的。」

「真的嗎？」佐佐木學長這個問題令我錯愕，難道連佐佐木學長也要把整件事賴到我頭上嗎？

佐佐木學長冷冷地說：「接受採訪時，你也沒有說出論文不是你寫的吧？」

「可是那是……」

「當時，你被那個說話大舌頭的女記者美言吹捧，得意忘形了吧？」

我很想說「不是」，可是我說不出口，因為完全被佐佐木學長說中了。

他接著說：「你先是出盡了鋒頭，後面遇到挫折就想逃走，未免太卑鄙了？」

我被迫看到鏡中的自己，原來我是個被寵壞的孩子。意識到這個事實的我，頓時沉默下來。旁邊的佐佐木學長把PCR產物放進凝膠裡，按下電泳槽的開關。見我一動不動，他輕嘆了一口氣。

「給你看個東西，跟我來。」我抬起淚眼婆娑的臉，看著佐佐木學長被淚水暈滲的背影。

佐佐木學長離開紅磚建築，前往白色醫院大樓。感覺有一陣風吹過綠葉青翠茂盛的櫻花行道樹，樹梢嘩嘩作響。佐佐木學長走到一半，彎向右邊的小徑。穿過樹叢，眼前是一棟像橘子雪酪的圓型建築物。

我回想起在公車上遇到的眼罩小男生，超人巴克斯的忠實粉絲小凱。這麼說來，小凱好像也是過來這裡？

像橘子雪酪的建築物門口是自動門，走近後，透明玻璃門旋即打開。一樓裡面昏昏暗暗，沒有人影。我小聲問佐佐木學長：「這裡是什麼地方？」

佐佐木學長走上階梯，頭也不回地說：「這裡叫橘色新館，以前一樓是急診中心，二樓是小兒科病房。」

「急診中心為什麼空空的？」

佐佐木學長回頭，只說了句「很久以前就倒了」。

「什麼？醫院也會倒閉嗎？」

「你不知道嗎？啊，那個時候你還在讀幼稚園吧。」

佐佐木學長探頭看著我的眼睛說：「我說急診中心倒閉，這並不正確。那個時候，東城大學醫學院附屬醫院整個倒閉過一次。然後只有少數幾個能夠起死回生的地方，再次重建，但當時的急診中心沒能重建。」

佐佐木學長站在二樓門前，金屬門無聲無息地打開，光線射入陰暗的階梯，裡面傳來明亮的笑聲。

抬頭望去，在門前笑到打滾的是戴白色眼罩的小男生小凱。佐佐木學長雙手抓住小凱的頭髮，輕輕搖晃他的頭。

「敦哥哥，你今天帶什麼禮物給我？」

「小凱，別以為每次都有禮物好嗎？」佐佐木學長邊說邊走向櫃台。

我瞄了小凱一眼，經過他旁邊。小凱看到我，將握拳的雙手在胸口交叉成十字，擺出變身動作。我也擺出「M88星雲的勇氣證明」動作，回應小凱的招呼。

佐佐木學長對著護理站裡忙碌工作的護理師出聲：「翔姊妳一直吵著要我把薰帶來，所以我帶他過來了。」原本低頭寫東西的護理師仰起臉。她的眼睛很大，長得很漂亮，但已經不是大姊姊的年紀了。

護理師笑著說：「好可愛的弟弟，比起已經變成老油條的你，真是可愛多了。」

「妳就是壞毛病改不掉。」佐佐木學長聳了聳肩。

護理師站起來，向我伸出右手。我緊張地回握伸過來的手，護理師以清亮的聲音說：「幸會，曾根崎薰同學。你的事情，我已經從佐佐木同學那裡聽說了。我叫如月翔子，是橘色新館二樓小兒科綜合治療中心的護理長。另一個身分是東城大學醫學院附屬醫院美少年搜尋網會長，請多指教。」

如月翔子阿姨用力上下甩著握住我的手，我只是呆呆地看著她。

「翔姊不用跟來啦。」

「別害羞了，你特地來這裡，就是希望我也加入吧？」

「隨妳的便。」佐佐木學長說，咂了一下舌頭。

佐佐木學長逕自打開面談室的門，推了推我的肩膀。我進入房間，聽話地坐在椅子上，翔子阿姨坐到桌旁，交叉抱起手臂，佐佐木則在我的正面坐下來。

「好了，你知道為什麼我要把你帶來這裡嗎？」

「是為了把他介紹給我吧？」翔子阿姨接話。

「翔姊不要吵。」翔子阿姨沮喪地垂下肩膀。我想了一下，搖搖頭說：

「不知道。」

「你認識小凱吧？記得你以前說過，你在公車上見過他。」

「對，嚇我一跳，小凱怎麼會在這裡？」難道他是因為生病，所以戴著眼罩？這個想法掠過腦際。

「你還沒想到嗎？真遲鈍。你就是這樣，才會被藤田教授耍得團團轉。」

「藤田教授又幹了什麼好事嗎？」翔子阿姨好奇發問。

佐佐木學長回過頭對她解釋：「他想把自己捅的婁子賴到這個傻乎乎的國中生身上。」

「那個老貓頭鷹，真是黑心到家了。」

聽到這個綽號的瞬間，我聯想起藤田教授老愛掛在嘴邊的應聲「齁？齁？」，忍不住吃吃笑了一下。

佐佐木學長提醒翔子阿姨：「翔姊，小心隔牆有耳。」

「我才不管，被他聽到我也不怕。」

「好啦好啦，我要講正事，妳先不要插嘴。」翔子阿姨只好安靜下來。看著他們之間的互動，真搞不清楚誰才是長輩。

這頭的佐佐木學長，正以銳利的眼神看著我，讓我也緊張起來。

「我之前曾經問過你，你研究醫學是為了什麼？」

我記得這個問題，還有我答不出來的反應。現在和那個時候不同，我坦率地回答：「對不起，我不知道。」

佐佐木學長嘆了一口氣：「這次的事，我真的很生氣。如果你就像以前那樣，得意忘形，油腔滑調，我原本打算當作事不關己，袖手旁觀，不過看來也不能這樣了。」

「那佐佐木學長又是為了什麼研究醫學？」

佐佐木學長先是沉默，片刻之後，他正色說：「我想找到治療眼癌的方法。」

「難道是因為藤田教授的要求，你才在研究眼癌嗎？」

「因為藤田教授要求？」

佐佐木學長用一種打從心底瞧不起的表情看著我：

「你是傻瓜嗎？這跟藤田教授完全無關。」

我回想起剛才佐佐木學長撫摸小凱頭髮時的笑容，這時，一個直覺閃過腦際。「我知道了，小凱得了眼癌，你想要救他，所以才會拚命做研究。」

原來小凱白色的眼罩底下，已經因為生病變空洞了——想到這裡，我感到一陣心痛。

「終於想通了？不過你只答對了一半，五十分。」

「剩下的一半是什麼？」

一旁的翔子阿姨開口：「剩下的一半，是為了你自己，對吧？」

佐佐木學長點了點頭：「想要幫助小凱，也是想要幫助五歲時的我自己。」

咦？咦？這是在說什麼？

佐佐木學長用右手按住冰冷泛光的右眼，下一秒，他攤開的掌心裡，出現一顆小小的白色陶瓷球。「我的右眼，也在小時候得了眼癌。」

佐佐木學長的右眼放在掌心上，像白色貝殼般泛著冷光。

我茫茫然地看著它，佐佐木學長對著我繼續說：「讓你手忙腳亂的那份檢體，正是小凱的眼球。」

理解完這一切的瞬間，原本對藤田教授的憤怒、對桃倉先生的失望……這些情緒全部都飛到九霄雲外了。我咬住下脣，垂下頭去。

最後，我下了一個小小的決心。

∞

「再來玩喔～」

我回頭看向不停揮手的翔子阿姨和小凱，和佐佐木學長一起離開橘色新館。

小凱在胸前交叉雙手目送我，我也做出相同的動作回應。

我決定直接回家，來到公車站時，我對佐佐木學長說：

「我會在九號的記者會上好好道歉，我必須這麼做。」

「你沒有做錯事，還是要道歉嗎？」佐佐木學長平靜地問。

「我雖然不太清楚，可是我也有一些不對的地方，所以還是必須道歉。以後不能再來這裡了，我會覺得很寂寞，謝謝學長的照顧。」

紅色公車來了，在後方座位坐下來後，公車往前駛去，佐佐木學長目送我的身影逐漸變小。這時，淚水滑落我的臉頰，就如同駛下坡道的公車。

一回到家，我立刻寫信給爸爸：

✉薰↓爸爸，感覺要出大事了。可是，這都是我自作自受，所以我打算好好道歉。害爸爸擔心了，對不起。薰

寫信給爸爸，讓我的心情平靜了一些。我去客廳喝了橘子汁，吃完點心再次回到電腦前，收到了兩封爸爸的回信。

✉親愛的薰：今天的早餐是燕麥粥。伸

看到郵件，我的淚水再次奪眶而出。就算天崩地裂，爸爸就是爸爸，絕對不會改變。

第二封是一封長信。

✉我親愛的薰：看來可能會演變成我所擔心的最糟糕狀況，所以今天來談談

重要的事吧。以前你在信裡報告你有了重大發現，爸爸對你說恭喜，那是在恭喜你為科學進步奉獻了一份心力。想到你也身在和爸爸相同的領域努力，爸爸覺得很開心。其實那個時候，爸爸原本有些話想說，但最後還是沒有寫下來，現在我感到很後悔，當時應該告訴你的。不過，現在仍為時未晚。不對，現在正是應該告訴你這些話的時刻。

爸爸想要說的，就是在科學的領域裡，沒有大人或小孩之分。所以自己做的事，必須自己負起責任。

我親愛的薰，你先好好睡上一覺吧！

片刻之後，爸爸像是想起來什麼似地，傳來只有一行的信：

✉我親愛的小薰：不管發生任何事，爸爸都會陪著你。伸我哭了出來，哭著哭著，決定哭完這次，以後不再哭了。

隔天早上，我頂著紅腫的眼皮坐到電腦前。窗外烏雲密布，我本來就已經灰心喪志，加上今天是第二學期的開學日，對我來說，簡直是多災多難的早晨，覺得這個天氣還真是應景。

我找到「鬼臉先生」的來信，點開來看。

✉親愛的薰：心情平靜一些了嗎？昨晚爸爸對你說了嚴厲的話。「在科學的領域裡，沒有大人或小孩之分。自己做的事，必須自己負起責任。」關於這一點，爸爸絕對是正確的。但是爸爸想要表達的重點，在於剩下的另一半，我現在就告訴你。

在科學領域中，沒有大人或小孩之分，攸關人命的醫學領域更是如此，反過來說也是一樣的。如果你有揭發一切的勇氣與決心，即使對方是大學教授，也完全不必畏懼。科學之前，不分大人或小孩。你和藤田教授，是地位平等的競爭對手。

不需要客氣，鼓起勇氣前進吧！伸

我嚇了一跳，提心吊膽地敲打鍵盤：

✉爸爸說的太難了，我看不懂。

片刻後，響起收到新郵件的鈴聲。

點開新郵件，我看得呆掉。

✉我親愛的薰：如果你沒有錯，就挺身對抗。即使對方是教授，如果他是錯的，就徹底擊垮他。

現在，釋放你心中的毒蠍吧！

我怔怔地盯著爸爸的信。

對抗？爸爸覺得國中生的我，有辦法對付醫學院的教授嗎？

什麼叫心中的毒蠍？要怎麼把它放出來？

Oh my papa, 我真是滿腹疑問啊！

我一籌莫展，簡短地回信：

✉薰↓爸爸，我要怎麼對抗？

叮鈴。我連忙點開信件。

✉親愛的薰：只要誠實面對接下來發生的事，問題一定會迎刃而解。道歉記者會當天，你帶著爸爸寄給你的信到場。伸我回想起爸爸寄給我的國際郵件，抬頭看架上，信封都蒙上薄薄一層灰了。

客廳傳來山咲阿姨喊我的聲音：「小薰，動作快，要遲到囉！」

我關掉電腦電源，抓起丟在一旁，被冷落整個暑假的書包出門了。

9月9日（五）

我說：

「道路總是就在眼前。」

九月一日，星期四，陰天。久違的櫻宮中學，從今天開始，第二學期開始了。

綿綿細雨中，等待我的，是同學們冰冷的視線。

隔壁班的人走過來，對我丟下一句：「造假的大騙子！」

這句話深深地刺傷了我的心，但我熬過去了。我拿小凱的眼球做了草率的研究，雖然實際上不是我做的，但變成是我做的。我受到眾人吹捧，喜不自勝，四處吹噓是我做的，所以我必須承受一切的指責。

走進教室，班長進藤美智子、我的智囊三田村優一、二年B班的小霸王痞子沼——平沼雄介，幾個人同時全靠了過來，像是曾根崎團隊大集合。

「薰，你還好嗎？」大家應該都看過報紙了吧，美智子擔心地問我。

我笑著回答：「我沒事啦。」

痞子沼難得喪氣地說：「對不起啦，小薰，是我跟記者說你英文成績很爛的。上次的決鬥會，我跟那個記者混熟了，結果不小心跟他說溜了嘴。」

可惡，叛徒果然就是你嗎？這個「無法松」。不過既然是無法松，那也沒辦法了。

「沒辦法，畢竟這是事實，所以下星期五要舉行道歉記者會。」

「藤田教授要道歉嗎？」三田村問。

我搖了搖頭：「不是，要道歉的人是我。」

「為什麼你要道歉？」美智子氣呼呼地說。

我說：「那篇論文名義上是我寫的，如果論文錯了，道歉是當然的。」

「可是，你什麼都沒做吧？」美智子說。

我苦笑起來，沒錯，美智子，我什麼都沒做。可是要把這兩天之間我所得知的事實和想到的一切都傳達給他們，相當困難。

「小薰薰，有什麼困難都跟我說吧！算是彌補我洩密的過錯，我可以拜託我爺爺，拜託他想辦法。」

「謝謝你，痞子沼！你的好意我心領了。雖然你爺爺是鎮上工廠的會長，也是知名的發明家，但我覺得這件事他也幫不上什麼忙。」

雖然痞子沼這個人，早上說過的話，午餐恐怕就忘了，完全不能指望他。但聽到他這麼說，我還是很開心，其他曾根崎團隊的人也都溫暖地關心我。

只不過大部分的同學都冷眼看我，竊竊私語。始業式結束後，剩下就是繳交暑假作業和大掃除。等到全部的工作都完成，班會的時間，導師田中佳子頂著曬得漆黑的臉，笑咪咪地說：「看到大家活力十足的樣子，老師真的很開心。」

這句話讓我感受特別深刻，一邊思索著老師的話，一個人走回家。再過九天，一切就結束了。

∞

九月九日，星期五，大晴天。命運分曉的日子終於到來了，早上起床後，我打開電腦，隨著鈴聲響起，提醒我收到新信件，我連忙點開郵件。

✉親愛的薰：今天的早餐是薑汁豬肉三明治。對你來說，今天會是重要的一天。該道歉的就好好道歉，但你覺得不合理的部分，就要挺身對抗。還有，記得把爸爸寄給你的信放進口袋裡帶去，它一定會保護你的。伸

我拿起蒙上一層灰塵的信封，收進口袋裡，讀起下一封信。

✉親愛的薰：好好道歉並不困難，困難的是即使身陷邪惡的洪流，也要果敢對抗不公不義。這比單純的道歉更艱難、更需要勇氣。我的小薰，爸爸會在波士頓的天空下祈禱你英勇奮鬥。伸

我想了一下，敲打鍵盤：

✉薰↓爸爸，謝謝爸爸。我不太明白爸爸想要表達什麼，可是我覺得說到底，道路總是就在眼前。雖然不曉得會怎麼樣，不過我會盡我所能。

把信寄出後，正準備出門，又聽到新郵件的鈴聲，我跑回去打開信箱。

✉親愛的薰，天佑勇者，Good Luck。伸

看著發亮的螢幕深呼吸，接著，我頭也不回地打開房門。

我前往紅磚建築三樓的綜合解剖教室，乘上電梯，一晃而過的黑暗籠罩了我。我注視著黑暗深處，緊接著燈光亮起，讓我得以確認這片黑暗僅只是占領了電梯廂的一小塊黑暗。黑暗就是這樣的存在，被光一照，就會消失無蹤。

隨著「叮」的一聲，電梯門開了。在門外等著我的，是一身筆挺黑西裝的黑

手黨老大——藤田教授。

「真慢，曾根崎同學，你遲到了三分鐘。」

藤田教授狠瞪了我一眼後，咧嘴一笑：「還以為你是不是開溜了呢。」

我也咧嘴回笑：「我也在猜藤田教授是不是又突然出差了，今天請多指教。」

藤田教授怔了一下，他應該是做夢也沒想到會遭到反擊吧。

接著他僵硬地擠出笑容：「齁？齁？看樣子，今天就算被媒體圍剿，你也頂得住吧，那我就放心了。」

藤田教授下巴一抬，無言地指示我跟上去。我跟著他黑西裝的背影，踏入教授室。宇月小姐穿著淡粉紅色的套裝，坐在沙發上盯著手中的紙。我在她旁邊坐下來，宇月小姐露出些許慌亂的表情。

藤田教授一屁股在對面坐下來，面露冷笑：「曾根崎同學，今天本來是要上學的日子，卻要你跑一趟，真不好意思。」我回了個禮，心知肚明這只是口頭上的慰勞。

「這個星期真是折騰死我了，前天我被叫去院內的危機管理委員會，昨天被叫去倫理委員會，兩邊都要求直接找你去問話。不過我覺得讓國中生接受審問未免太可憐了，所以替你擋了下來，我自己獨力應付。」

我很快就意識到，教授這番話明顯是謊言。如果他真的不忍心讓我成為眾矢之的，就不應該把我抓來參加今天的記者會。我差點就要感謝藤田教授，立刻警告自己：「這個人絕對不能信任。」

藤田教授低聲說：「話說回來，我再次認識到曾根崎同學有多麼受歡迎了。剛才先過去會場的桃倉回報說，這次也跟之前一樣，大會議室幾乎快被媒體擠爆了。拜託你，可別像上次那樣怯場啊。」

今天的我其實並不緊張，因為我已經立下決心了。自己做錯的事，要好好道歉。就只是這樣而已，沒什麼好擔心的。

藤田教授看著我，似乎感到詭異：「面對這樣的腥風血雨，你居然還笑得出來，是真傻嗎？還是遲鈍……？」聽到他這麼說，我才發現自己面露笑容。

藤田教授遞出一張紙：「這是我在危機管理委員會、還有倫理委員會，針對這次論文造假問題的說明大綱。說明由我來負責，你只要一臉愧疚地坐著就行了。我會盡量不讓你親上火線回答，不過如果有什麼狀況，你就照著這張紙上面寫的回答。」

看到紙上的內容，我整個人都僵住了。因為上面寫的事，與事實天差地遠。上面說，實驗的時候，我早就發現摻進其他檢體的可能性，當桃倉先生和藤田教授提出時，我卻堅持實驗沒有問題。後來我多次想要說出來，但因為接受了採訪等，說不出口，只好繼續隱瞞撒謊，我對此感到很抱歉……

我整個人呆了，直盯著那張紙看。

「這根本不是事實……」

藤田教授打斷我的話，笑咪咪地說：「你可能想說這不是事實，但你有證據嗎？就算有，你有辦法在記者會上證明嗎？要是你敢這麼說，我會叫你自己說明一切，然後質疑你的說法，記者也不會相信你的說詞。在這種情況下，你有辦法證明你自以為是的事實嗎?只是胡言亂語罷了。」

聽完藤田教授齜牙咧嘴的威嚇,原本支持著我的決心,就像紙氣球一樣消癟下去。

「時間差不多了,校長也在會場休息室那裡等著我們,走吧。」

我慢吞吞地站起來,直到上一刻還勇氣十足的我,現在早已消失無蹤了。

打開醫院三樓大會議室休息室的門,裡面全是熟悉的面孔。一身白袍的桃倉先生整個人似乎小了一圈,旁邊是穿著立領制服的超級高中醫學生佐佐木。旁邊有位小個子的老爺爺正神情溫和地看著我,他是教授會的時候,坐在地位最高的位置的那位教授,我記得是高階校長。

「好久不見了,曾根崎同學。演變成這樣的風波,真令人遺憾。我再問你一次,你真的想要在眾人面前公開道歉嗎?這件事大人也有責任,你不用勉強。」

高階校長的聲音沁入我的心胸,我把視線朝旁邊望去,藤田教授用力撇開了頭。校長溫柔的話動搖了我的決心，但我鼓起全副勇氣，說：

「對於我做錯的事，我想要自己好好地向大家道歉。」

藤田教授立刻接口：「校長，請不用擔心，我都安排好了，曾根崎同學只要全程低著頭就行了。」佐佐木學長抱著黑色的包包，右眼反光了一下。

「曾根崎同學，你很了不起。」高階校長說。

燦爛的燈光和人群的熱氣撲向我的臉，光線刺眼到我覺得像是瞬間失明，但很快就習慣了。前方並排著長桌，擠滿了大批記者。雖然也有櫻花電視台的攝影機，但沒看到梨里小姐或墨鏡大叔。倒是《時風新報》穿白襯衫的村山記者看到我，抿脣一笑。我做了個深呼吸，走上台。

我突然看見最後面的牆邊，站著曾根崎團隊的三人。他們居然能進來——我驚訝之餘，也大大地鬆了一口氣。

有人拉我的衣角，回頭一看，是佐佐木學長，佐佐木學長在我耳邊細語：

「天佑勇者，Good luck.」

是爸爸在信裡說過的話！這是巧合嗎？還是每個人都知道的名言？我還沒來得及確定這件事，就被藤田教授推上台。

舞台從左邊開始，依序坐著桃倉先生、高階校長還有藤田教授。我坐在藤田教授的右邊，全員到齊後，我們全體起立，深深一鞠躬。

因為我慢了一拍鞠躬，還被旁邊的藤田教授揪著脖子按下頭。

一身粉紅色套裝的宇月小姐以清亮的聲音開口：「現在開始進行東城大學醫學院針對論文造假疑雲的道歉記者會，首先由高階校長發表道歉聲明，接著由本教室負責人藤田教授說明事情的經過。」

鬧哄哄的會場頓時安靜下來，高階校長站起來，簡潔陳述致歉的話語。校長說完後，藤田教授開始說明，內容就如同剛才拿給我的大綱。

會場中，記者們做筆記的聲音沙沙作響。

「這次的事，是因為少不更事的國中生急著想要立功，才會導致這樣的錯誤，但我認為自己督導不周，責任重大。不過曾根崎同學畢竟還只是個國中生，希望各位記者寬宏大量，筆下留情。」藤田教授鞠躬致意。

面對記者提出的各種嚴厲質問，藤田教授始終耐性十足地不斷道歉。但仔細一聽，他道歉的說法，就像錯全在我一個人身上，漆黑的絕望在心裡擴散開來。

藤田教授抓住提問中斷的空檔，開口說道：「那麼，我想記者會差不多就到這裡——」

「最後我有一個問題。」藤田教授馬上板起了臉。提問的人正是白襯衫綠臂章的《時風新報》村山記者，他不等司儀點名，就逕自站了起來：

「藤田教授的說明我們都聽到了，但我們想聽聽曾根崎同學本人的說法。」

藤田教授兩眼暴睜地說：「《時風新報》居然要這樣逼迫一個國中生嗎？」

村山記者把藤田教授的恐嚇當成耳邊風：「我不會寫成報導，只是藤田教授的說明，有許多令人無法釋疑的地方，所以我認為直接請教當事人，或許可以解開一些疑惑。如果曾根崎同學無論如何都不願意開口，我也不會勉強他。」我感到心臟劇烈地跳動起來。

藤田教授低聲警告我：「別理他，跟那種人糾纏，不會有好下場。」

這下，心中剛要膨脹起來的紙氣球，又被一掌拍扁了。我低下頭去，過了好久好久，覺得自己幾乎快被沉默的重量壓垮了。

這時，我發現有一道強烈的視線注視著我。超級高中醫學生佐佐木正在看我，他握住雙拳，在胸前交叉。那是超人巴克斯的變身動作，M88星雲的勇氣證明，佐佐木學長的嘴脣緩慢地掀動——是「小凱」的脣語。

這個名字一口氣吹飽了我心中的紙氣球，我用力站了起來。

「對不起！我撒了謊，但藤田教授說的完全不是事實。」

我俯視滿臉驚訝的藤田教授，會議室裡頓時一片鴉雀無聲。

「什麼意思？哪些地方不是事實？」提問的村山記者繼續追問。

旁邊的藤田教授面紅耳赤地瞪著我。

「我們真的做出了論文中的序列，只是在後來的實驗中無法重現。」

「也就是說，就像歐胡教授指出的那樣？」我點了點頭。

藤田教授低聲說：「少胡說八道，你沒有證據。」

「我沒有證據，但藤田教授明知道這才是事實。」

藤田教授站起來，俯視著我說：「我當你是國中生，對你百般包容，沒想到你居然想出這麼惡質的藉口，真是太令我震驚了。我看你八成是急忙跑去向爸爸求救，要他教你怎麼說才能脫身吧，畢竟你爸爸是世界權威的賽局理論學者曾根崎伸一郎教授。」

即使遭受到藤田教授的攻擊，我心中膨脹的紙氣球也沒有被擊破。可是照這樣下去的話，氣球無法升上藍天。我該怎麼做才好？亮出證據就行了嗎？但是我根本沒有證據。

這時，會場響起一道鈴聲，佐佐木學長站起來，取出手機開口說：

「我是綜合解剖教室的佐佐木，和曾根崎同學一起做實驗。其實，前幾天我收到曾根崎同學的父親寄給我的國際包裹。他在電郵裡面說，如果曾根崎同學在

記者會上遇到困難，就打開包裹，並指示了一些步驟。看來現在就是打開包裹的時候了，可以請各位給我一點時間嗎？」

佐佐木學長從黑色包包裡取出一個小包裹。

藤田教授瞪著他：「不許你隨便亂來，這麼重要的事，你怎麼沒向我這個教室負責人報告？」

佐佐木學長一臉不在乎地回答：「因為昨天藤田教授命令我在家裡等候指示，不許主動連絡。再說，我也沒想到這會是多重要的事……」

高階校長說：「嗯，這應該也不會花多少時間，就聽聽看佐佐木同學怎麼說吧。」

藤田教授看向高階校長，嘴唇顫抖，接著低下頭去。

佐佐木學長環顧會場：「那麼我開始了。指示（一），請一位現場的中立人士擔任助手。」

正在進行提問的村山記者立刻走向佐佐木學長：「我來當助手吧。」

佐佐木學長把包裹遞給村山記者：「指示（二），請向眾人展示包裹是完整的，並未被拆開。」

拿到包裹的村山記者向會場的眾人展示小包：「確實沒有拆開過。」

「指示（三），把包裹打開。」

村山記者打開包裹，裡面是一疊紙。佐佐木學長看向手機螢幕，接著說：「指示（四），讀出文件第一頁第一行。」

村山記者清了清喉嚨，讀出第一行：「二月十五日，星期二，三鄰亡，晴天。在藤田教授帶領下，我生平第一次踏進東城大學醫學院。電梯的燈一瞬間熄滅，嚇了我一跳。」

我理解那些文件是什麼了，是我掃瞄後傳送給爸爸的——「業務日誌」。可是拿出這種東西要做什麼？我正納悶，佐佐木學長已經開口了：

「這是曾根崎同學在東城大學期間，每天寫下的業務日誌。」

「這種東西根本不算證據。」藤田教授不屑地說。

佐佐木學長不以為意，讀出手機螢幕的文字：

「指示（五），讀出貼上索引貼的第二十五頁第五行。」

村山記者翻到那一頁，露出驚訝的表情。他遲疑了一下，讀出內容：

「四月十一日星期一，大晴。雖然重現實驗沒有得到相同的結果，但藤田教授說要投稿《自然醫學》。」

沉默籠罩了會議室，打破寂靜的是一身黑西裝的黑手黨藤田教授。

他的聲音開朗得詭異：「齁？齁？不愧是世界級的賽局理論學者，裝神弄鬼也是第一流的。不過這麼粗糙的東西騙不了人，這八成是為了解救兒子的困境而想出來的奇招，但手寫文書沒有證據能力。事情曝光後，有九天的時間，應該是趁這段期間火速假造出來的筆記吧。」

村山記者翻著紙頁，說：「要在九天之間做出這種分量和內容的手寫文書，我覺得很困難。」

「誰說的？一星期就夠了。人只要被逼急了，什麼事情都做得出來。再說，如果那些東西是真的，就亮出正本來啊？啊，有沒有正本不是問題嗎？畢竟全都是假的嘛。」

「我沒有造假！」我反駁藤田教授的說法。

「可是在我們『科學界』裡，只要無法證明，就跟假的沒兩樣啊，曾根崎同學。」

我心想，如果是這樣，那麼你才是距離你說的「科學界」最遙遠的人吧？話都來到嘴邊了，我好不容易才嚥了回去。

「請等一下，我收到的是流程圖，這裡有遇到反駁時的應對方式。若對方對文件的記錄時間提出疑問……跳到指示（十一）。」

佐佐木學長高舉手機，讀出螢幕中爸爸的話：「指示（十一），看文件背面，接著前往指示（十六）。」

村山記者翻到文件背面，一臉驚訝：「這是什麼？每一頁背面都貼了郵票，蓋了郵戳。」

「指示（十六），讀出郵戳的日期。」

「20. Aug. 2022。二〇二二年八月二十日。」

聽到村山記者的回答，佐佐木讀出手機內容：

「指示（十七），讀出以下文章內容。」

佐佐木學長清了清喉嚨：「郵戳是美國波士頓國際郵局的郵戳，證明這份文件的製作日期為二〇二二年八月二〇日，而這次的造假疑雲爆發於八月三十一日。換句話說，我們不可能為了釋疑而假造文件，同時也客觀地證明了這份文件如假包換，是我兒子曾根崎薰在當時所寫下的內容。」

整個會場的人都看著藤田教授，藤田教授怔了一下，立刻露出冷笑：

「天哪，真是場精心設計的鬧劇。因為有美國郵局的郵戳，所以可以證明文件製作的日期？他可是賽局理論的權威曾根崎教授，要用電腦繪圖偽造一兩個這種郵戳，根本是不費吹灰之力。既然這樣，我也來做出一樣的東西好了。只要給我一點時間，輕而易舉就可以做到。」

即使把藤田教授逼到絕境，也無法給他致命一擊。啊，要是爸爸在這裡就好了！但是包圍戰還沒有結束，佐佐木學長讀出手機內容：

「即使如此，對方仍宣稱郵戳是偽造的，不肯承認這份文件的真實性時，跳到指示（二十二）。」

佐佐木學長滑動手機螢幕：「指示（二十二），翻開最後一頁背面。」

村山記者翻到文件最後。「有英文簽名和文字。」

「誰的簽名？寫了什麼？」藤田教授問。

村山記者瞇起眼睛，讀出英文：「是菲利浦·歐胡教授的親筆簽名，日期是八月二十日。」

「他寫什麼？」藤田教授追問。

村山記者迅速瀏覽了一下，斷斷續續地翻譯出來：「我聽到好友伸一郎的兒子，就是我前些日子遇到的薰·曾根崎，大吃一驚。雖然我不懂日語，但今天我從小曾根崎的業務日誌當中，得知了天才國中醫學家的研究軌跡。為了紀念這一天，也就是二〇二二年八月二十日，我在這裡簽名為證。菲利浦．歐胡。」

村山記者一說完，佐佐木學長便讀出手機內容：「指示（二十五），親愛的薰，把你帶來爸爸的信交給見證人。」

我掏出信封，拿給村山記者。「指示（二十六），檢查郵戳日期後開封。」

日期是八月二十日──村山記者宣布後，取出內容物，是論文的副本。看到封面，我心跳加速，是歐胡教授登上《自然》的論文副本。

信裡還附了一張照片，照片裡，歐胡教授拿著我的業務日誌對著鏡頭笑。

照片和簽名都寫上了日期，附上Dear Kaoru（親愛的薰）的字樣。

當然不是日文「親愛的」，而是英文的「Dear」。

「國際信件的郵戳也是八月二十日。」村山記者確認說。

藤田教授臉色慘白，凍結了似地一動不動。

「指示（二十七），簽名的日期，可以請歐胡先生本人作證。上述事實，足以證明這份文件是在造假醜聞爆發前所製作，前往指示（三十）。」

佐佐木學長喘了一口氣，接著說：「指示（三十），致藤田教授——我尚未將日誌的詳細內容告訴歐胡，歐胡人品高尚，但是在治學方面也十分嚴謹，倘若他得知事實，有可能召開國際學會期刊審查委員會。當特派員佐佐木同學讀出指示（二十五）時，距離最糟糕的後果只有一步之遙。若是你繼續質疑我兒子的日誌的真實性，我本人曾根崎伸一郎將在此結束對佐佐木同學的委託，立刻針對此事，向身為國際學會期刊審查委員會理事的歐胡教授申請面談。」

藤田教授目射凶光，交互瞪著我和佐佐木學長的手機。

會場響起村山記者的聲音：「看來藤田教授的報告才是造假的。」

藤田教授的身體猛烈地一晃，就在他即將倒下的前一刻，旁邊的桃倉先生扶住了他。桃倉先生接過藤田教授的麥克風說：

「沒有做好重現實驗的人是我，所有的責任都在我身上。」

我真的徹底震驚了，盯著握住麥克風的桃倉先生。

桃倉先生代替失魂落魄的藤田教授，淡淡地開始說明：「雖然做了兩次實驗，但無法再次確認序列。教授命令我無論如何都要做出序列，但檢體量越來越少，實驗本身難以進行。這時卻因為論文受到眾所矚目，錯失了訂正錯誤的機會。」

桃倉先生說的都是真的，但只有一件事他沒有說出來。我正要開口，桃倉先生凌厲的目光射了過來。桃倉先生看著我，繼續說明。我瞠目結舌，看著桃倉先生。

為什麼？為什麼？我在內心不斷地問，桃倉先生低頭鞠躬：

「這次的風波，肇因於我沒有好好地把藤田教授的話傳達給曾根崎同學，導致誤會越來越大。PCR實驗中，一開始如果有了一點小差錯，就會在過程中被放大，導致嚴重的錯誤結果。這個道理就和現實的資訊一樣，小小的誤會可能被渲染得極大，因此錯誤必須在一開始就徹底排除。這次的事件，就是我這個指導老師疏於排除錯誤而造成的結果。驚擾社會大眾，我深感抱歉。」

高階校長雙手環胸，注視著桃倉先生。

宇月小姐看著低頭不肯直起身子的桃倉先生，以清亮的聲音宣布：

「東城大學醫學院基礎解剖教室的論文造假道歉記者會，到此結束。」

曾根崎團隊的三人紛紛跑了過來，美智子說：「薰，你好帥！」另外兩人也附和點頭。穿白襯衫的村山記者拍了拍我的肩膀，將業務日誌的影本交給我，接著曾根崎團隊的三人和記者們也陸續離開房間。

等外人都離開後，高階校長對著藤田教授說：「桃倉說的是真的嗎？」藤田教授的表情有些動搖了，面具掉下來，露出了一點真實的素顏，但那張素顏立刻又被隱藏在平常的強勢面具底下了。

「對，其實就是這樣。」桃倉先生低著頭，不發一語。

高階校長再次追問：「他說的內容和危機管理委員會、還有倫理委員會交給我的報告相差很多。」

「很抱歉，其實我也是今天早上才聽他說的。」

那油腔滑調的口吻，完全就是平常的藤田教授。一股難以言喻的憤怒在胸中滾滾沸騰。快反駁啊，桃倉先生！但桃倉先生什麼也沒說。

高階校長說：「那麼這次的處分，日後我會再通知你們。不過如果剛才說的

是真的，曾根崎同學不需要受到處罰。因此藤田教授提出要求註銷曾根崎同學的學籍，我會駁回，這樣可以吧？」

「呃，這……」被高階校長凌厲的眼神一瞪，藤田教授住嘴了。

我悄聲問旁邊的佐佐木學長：「他們在說什麼？」

佐佐木學長比我更小聲地回答：「大學收回了開除你的命令，你可以繼續待在我們的教室做研究。」

高階校長對我微笑，踩著悠閒的步伐離開了房間，東城大學的相關人員也隨著校長走出房間。

只剩下教室成員後，藤田教授開始痛罵桃倉先生：「到底搞什麼東西！都是你，害我遇上這種奇恥大辱。我不能繼續讓你留在我的教室做研究，你放棄博士學位吧！」

「我已經有心理準備了，很抱歉。」

「真是，到底在想什麼？」藤田教授大發雷霆，不停地斥責桃倉先生。

佐佐木學長走近我身旁，在我耳邊細語：「喂，看到我舉起右手，就叫我的名字。」

「咦？為什麼？」

「別囉唆，照做就是了。」我一頭霧水地點點頭。

佐佐木學長離開我旁邊，開始整理雜亂的文件，我呆呆地站在佐佐木學長和我之間的空間。藤田教授大聲斥罵著桃倉先生，準備離開房間。

藤田教授經過我和佐佐木學長之間時，佐佐木學長舉起了右手。我出聲：「佐佐木學長！」

佐佐木學長回頭，他慢慢地轉動身體，右手畫出大大的弧線，拳頭的軌跡對準了藤田教授的下巴。

「砰」的一聲，佐佐木學長的拳頭命中了藤田教授的臉頰。藤田教授臉一歪，整個人就像慢動作一樣翻倒過去。

藤田教授倒下，黑西裝人影消失，一身立領制服的佐佐木學長重回視野當中。一拳命中的佐佐木學長舉起右手，做出小小的勝利姿勢，金鈕釦閃閃發亮。

「啊啊啊，藤田教授，對不起！」下一秒，佐佐木學長驚慌失措地跑向藤田教授，扶起他的身體。

然後瞪著我說：「混蛋，幹麼突然叫人啦？」

我笑咪咪地對著藤田教授的背影行禮：「佐佐木學長，對不起。」

佐佐木學長拍掉教授西裝上的灰塵，以低沉的聲音說：「教授，往後也請你繼續支持眼癌的研究囉！」

藤田教授傻住，交互看著佐佐木學長和我，教授的左臉一眨眼就腫了起來。變得像窩囊廢的藤田教授在宇月小姐攙扶下離開了，接下來只剩下我、佐佐木學長和桃倉先生三個人。

∞

我們搭乘透明電梯上樓，前往景觀餐廳「滿天」。

傍晚時分的「滿天」空空蕩蕩，我們點了炸渣烏龍麵，在窗邊座位坐下來。

我默默地吃著烏龍麵，但還是按捺不住好奇，開口問道：

「為什麼你要撒那種謊？」

桃倉先生吃著烏龍麵，沒有吭聲，我又再追問了一次。

「那樣做，才能最圓滿地收場，而且那並不是謊言。」桃倉先生落寞地回答。

「但是你那樣說，豈不是變成都是你的錯了嗎？」

「這樣就好了。」

「一點都不好！」

「這樣就好了，如果我不那樣做，就會變成是你的錯，總比變成這樣要來得好多了。」

「可是只差一點，就可以揭穿藤田教授才是真正的壞人了。」

桃倉先生寂寞地笑道：「在眾人面前揭穿藤田教授才是真正的壞人，又能怎

麼樣？」

我思索這句話的意思，桃倉先生說：「你還小，可能不懂，但這個世界上，並非總是正義必勝的。這種美夢般的情節，只存在於《超人巴克斯》裡面。」

桃倉先生交互看了看我和佐佐木學長，問他：「佐佐木同學，你為什麼要來我們教室？」

「我想戰勝眼球癌。」佐佐木學長這樣回答。

「既然如此，這樣處理才是最好的做法。如果藤田教授變成壞人，他的教室就會被解散。如此一來，研究就必須中斷了，所以我才出面頂罪。」

佐佐木學長生氣了：「開什麼玩笑！我才不想犧牲桃倉先生而繼續做研究！」

「不可以這樣想，我這樣一個小角色有什麼遭遇，對醫學都不會有任何影響。因為我已經在這裡待了超過三年，卻連一篇論文都寫不出來，是個沒用的研究者。我本來明年春天就要回去外科了，母校極北大學也邀我回去工作，我就算不做研究也混得下去。可是佐佐木同學或曾根崎同學的研究若是中斷，醫學就無法進步，受到眼癌折磨的小孩會越來越多。你們有才華，所以我希望你們繼續努力，打倒眼癌，否則我背黑鍋就沒有意義了。」

在夕陽餘暉照耀下，桃倉先生的臉燦爛發光。

「明天我會向研究所提出退學申請，回去故鄉的極北。我和佐佐木同學相處了兩年，和曾根崎同學相處了半年，和你們在一起的時光，真的很愉快。」

桃倉先生站起來，眺望窗外的風景。

「太陽就快下山了，已經很晚了，你們快回家吧。」

我注視著桃倉先生的側臉，因為我覺得再也見不到他了。

桃倉先生看著我微笑：「曾根崎同學，你也已經國二了，至少該學會雞兔同籠了吧。」淚水就快奪眶而出，我費了好大的勁才忍住。佐佐木學長也一樣，似乎想說什麼，卻拚命克制著。

桃倉先生對佐佐木學長說：「剛才那一拳真是漂亮，老實說，真是大快人心啊！」佐佐木學長害臊地微笑，低下頭去。

「你們兩個是很棒的搭檔，一起努力打敗眼癌吧！」

我和佐佐木學長點點頭。

然後，我們離開了「滿天」，桃倉先生和佐佐木學長一起到公車站目送我乘上公車。公車開始駛下坡道。我不停地揮手，直到桃倉先生的身影變得像豆子那麼小。很快地，桃倉先生的身影從公車車窗消失，取而代之的是暮色中灰白兩色的雙子大樓，東城大學醫學院附屬醫院開始綻放微光。

這天晚上，我花了很長的時間寫信給爸爸。我不停地修修改改，結果最後變成了一封短信。

✉薰↓爸爸，今天謝謝爸爸了，我沒想到你居然會請佐佐木學長幫忙。多虧了爸爸，我保住了名譽，但我也失去了重要的人。這樣真的就好了嗎？我實在想不透。

今天晚餐吃咖哩，我特地看了櫻花電視台的傍晚新聞，但沒有記者會的相關報導。回到房間時，收到爸爸的回信了。

✉親愛的薰：今天你表現得很棒，爸爸確實是有協助你，但最重要的是，你為自己發聲了。雖然爸爸拜託佐佐木同學幫忙，但如果你自己沒有挺身而出，我也無能為力。

今天的結果，是你的勇氣帶來的。伸

讀到爸爸的信，我全身放鬆下來。

留神一看，還有另一封信。

✉親愛的薰：你說你失去了重要的人，這是沒辦法的事，有得必有失。如果害怕失去，人會裹足不前，什麼事都不敢做了，但這樣是不對的。即使以為失去了重要的人，這也只是暫時的。那個人只是不在你身邊而已，你滿懷勇氣站起來的英姿，會永遠活在對方心中。就如同那個人的身影一樣重要，現在仍在你的心中閃閃發亮。

我體會著爸爸信中的話，這時傳來收到新郵件的鈴聲，剛出爐的郵件寄到了，我連忙點開來。

✉親愛的薰：剛才的信，有件重要的事我忘了說。

爸爸知道你會把我的話抄寫在筆記本裡。

其實爸爸也有一本筆記本，專門用來抄寫喜歡的句子。

這封信的最後，爸爸要把今天早上剛抄進本子裡的話送給你。

這句話非常棒，你一定也會喜歡。

我看到最後一行，忍不住笑了起來。

上面這麼寫著——

薰說：「道路總是就在眼前。」

謝詞，以及致未來（單行本後記）

這本書在許多人的協助下出版面世了。理論社的光森、小宮山、醫學專門月刊《日經醫學》的風間、為本書繪製插圖的吉竹伸介、校正的石飛、設計的守先、印刷廠的同仁、業務人員、將本書送到各位手中的書店人員、擔任第一號讀者的小女，以及最重要的：一路讀到這裡的各位讀者。感謝參與這本書的每一位。

這篇故事是寫給青少年讀者的，但是在雜誌連載期間，我收到許多醫師及醫療從業人士稱讚好看的感想，所以，這應該是一部大人和專業人士也能樂在其中的故事。

我想在這裡對青少年讀者說些與這篇故事相關的話。

給將來想成為醫師或護理師、從事醫療相關工作的人：醫療的終極目標是治療疾病，但醫療十分複雜，不是單靠治療行為就能成立的。如果認為只要能治好病人，醫學研究不重要，那就大錯特錯了。因為若是沒有培養出做研究的思考方式，就難以獲得客觀治療的能力。研究必須以公正的心態去進行，用藤田教授這樣的心態做研究，是絕對不可以的事。不過在現實中，像藤田教授這樣的醫師是少數特例。

給絕對不想成為醫師或護理師的人：我希望這樣的人也能夠讀到這篇故事。無論喜歡不喜歡，每個人都和醫療脫不了關係。因為從出生到死亡，沒有人能夠完全不進醫院，所以必須了解醫院裡面是什麼情形、醫師和護理師又在做些什麼。無知會對自己的人生造成損失，無知就是一種罪過。

最後，給想成為小說家的人：故事不是想寫就能寫出來的，但重要的是鍥而不捨，努力過好每一天。然後某一天，就忽然能寫出來了。這是真的，我就是一個活生生的例證。我在小學六年級的時候完成了第一篇故事，然後一直到了四十四歲，才又寫出了第二篇故事。

薰同學的冒險還沒有結束，希望在重逢之前，各位能偶爾想起他寫在筆記本裡的話。

這些話一定能為各位帶來勇氣和希望。

二〇〇八年一月一日 海堂尊

十二年後的文庫版後記

這部作品問世後，干支已經走過了一輪。託各位之福，本書受到許多人的喜愛。最近在演講或採訪中，越來越常遇到因為讀到我的作品而立志將來要成為醫師，以及正在就讀醫學院的人。

或許是因為我的作品當中雖然波折迭起，但不管筆下寫出再怎麼壞的人，根本之處，我還是相信醫療是美好的。

世上有許多好人，同時數量雖然比好人少一些，但還是有壞人存在。

但壞人也有壞人的一套邏輯，無法斷定他們就是真正的壞。

所以，善良的人也沒辦法強硬地對不對的事情說「這樣是不對的」。

因為這樣，壞人才會肆無忌憚，胡作非為。

世上有些事情是絕對不能容許的，若是打破這個界線，社會就會淪喪。

比方說醫師殺害病患、官員竄改公文、政治人物利誘朋友，強詞奪理顛倒黑白、警察縱放侵犯女性的罪犯、檢察官不起訴有權有勢的罪犯、作家和出版社盜用別人的作品內容，或是不檢查正確性就出版書籍。

這些人都是為了保住自己的利益，踐踏了重要的事物。這是摧毀信任的行為。對於做出這種事的人，我們不能坐視不見。否則總有一天，有良心的人會被這些人吃乾抹淨。

本書裡，容易得意忘形的薰同學鼓起了小小的勇氣，挺身面對壞人。

現在社會需要的是點亮這樣小小的勇氣火把，照出潛伏在陰暗中的邪惡，並盡可能減少這些邪惡。

過去我為了將ＡＩ（Autopsy imaging，驗屍造影）這種釐清死因的新系統引進社會，付出了一些努力。最後雖然不是我所期望的形式，但ＡＩ最終引進社會，漸漸改善了這個世界。

二〇二〇年，我認為日本人應該帶領廢除核武運動，在各種場合透過演說及寫作倡議這件事。因為對於全體人類來說，廢除核武是絕對的正義。

日本身為全世界唯一的核武受害者，卻不批准禁止核武國際條約，也是一件可恥的事。希望讀完本書的讀者，能夠將這件事放在心中一隅。

不過這只是第一步，接下來若各位能夠主動跨出下一步，我會感到非常高興。

最後，請讓我以作者的身分說句話，和薰同學及爸爸較個勁——

海堂尊說：「未來肩負在珍惜社會的人們身上。」

二〇二〇年一月一日　海堂尊

故事館 045

醫學推理系列1：醫學之卵

進擊的少年醫學生

医学のたまご

作者　海堂尊
繪者　吉竹伸介
譯者　王華懋
審定　張銀盛・陳資翰
封面設計　張天薪
內頁設計　連紫吟・曹任華
主編　陳如翎
出版二部總編輯　林俊安

出版者　采實文化事業股份有限公司
童書行銷　張惠屏・侯宜廷
業務發行　張世明・林踏欣・林坤蓉・王貞玉
國際版權　施維眞・劉靜茹
印務採購　曾玉霞・莊玉鳳
會計行政　許俽瑀・李韶婉・張婕莛
法律顧問　第一國際法律事務所　余淑杏律師
電子信箱　acme@acmebook.com.tw
采實官網　www.acmebook.com.tw
采實臉書　www.facebook.com/acmebook01

ISBN　978-626-349-614-9
定價　380元
初版一刷　2024年4月
劃撥帳號　50148859
劃撥戶名　采實文化事業股份有限公司
104台北市中山區南京東路二段95號9樓
電話：(02)2511-9798　傳眞：(02)2571-3298

國家圖書館出版品預行編目資料

醫學之卵：進擊的少年醫學生 / 海堂尊著；王華懋譯．-- 初版．-- 台北市：采實文化事業股份有限公司，2024.04
320面；14.8×21公分．--（醫學推理系列；1）（故事館；45）
譯自：医学のたまご
ISBN 978-626-349-614-9（平裝）

861.59　　113002875

IGAKU NO TAMAGO